Cendres
et Azur

Swann ISERN

À tous ceux qui pensaient que je n'y arriverais jamais.

À toi, mon amour. Puisses-tu être toujours fier de moi.

Caminante, no hay camino. Se hace camino al andar. - Antonio Machado

Victoire

Le ciel est encore teinté d'encre noire. Je l'observe, à mesure que je m'éloigne du centre de purification. Je me tourne un instant et regarde derrière moi. Les grands bâtiments aux angles saillants et au toit en métal, éclairés par des spots, tranchent avec l'obscurité du milieu de la nuit. L'ombre des barbelés qui encerclent le centre découpe comme une dentelle sur les murs.

J'aperçois une silhouette sur un des miradors. Un soldat. Mon sang ne fait qu'un tour, et je cours, gagnant la forêt avant qu'il ne donne l'alerte. J'ai plusieurs heures devant moi avant que mon absence ne soit constatée. Je dois prendre de l'avance sinon je serai rapidement rattrapée et renvoyée là-bas. Tout, mais pas ça.

Les aiguilles sèches des pins crissent à chacun de mes pas. Je m'en veux de faire tant de bruit, mais je ne peux pas ralentir la cadence. Je dois m'enfuir d'ici, peu importe le prix. Alors je hâte le pas, et le centre de purification disparaît mètre après mètre derrière les feuillages.

L'air glacé me brûle les joues. Je plaque mes mains sur mon visage pour le réchauffer, avant de m'apercevoir que mes paumes sont glacées, elles aussi. Je n'avais pas songé au froid ; en réalité, je n'ai pas respiré l'air pur extérieur depuis une éternité, senti le vent, la chaleur ou le froid. Au centre, tout est éclairé par des néons, la chaleur distribuée par des machines, les rayons de soleil simulés par des spots. Difficile d'anticiper les conditions aléatoires du climat. La pluie, le vent, les températures... J'ai perdu tout réflexe.

La dernière fois que j'ai vu le monde extérieur, c'était à mon arrivée. Je venais d'avoir neuf ans, et les purificateurs m'avaient arrachée à mes parents. La vue était alors la même que ce soir, mais de jour. Un joli ciel bleu, au printemps. J'étais sagement installée, à l'arrière du pick-up. Certains enfants, assis à côté, ne cessaient de geindre. Moi je gardais mon calme, digne.

Reste digne, Victoire. Sois courageuse. Nous nous reverrons, je te le promets .

Je savais que ce jour arriverait, je savais que je rentrerais chez moi même s'il fallait sans doute employer la force. On m'avait préparée à cela.

Je marche ainsi des heures durant, le soleil apparaît déjà. Il glisse sur ma peau, comme un baiser. Je m'assois un instant, admire ce rayon de lumière sur ma peau. D'une certaine façon, c'est rassurant, ce retour à la nature. Je me sens sauvée, loin de ma prison, et pourtant je sais au fond de moi que le chemin sera long. Bien trop long. L'arrivée n'en aura que plus d'impact.

Et si j'étais partie hier, ou l'année dernière ? Peut-être serai-je déjà arrivée. Combien de temps durera le voyage ? Vais-je arriver jusqu'au bout ? Une fille est partie un jour, quelques heures seulement. Les purificateurs l'ont rapidement localisée, elle errait dans la forêt. Sûrement ne savait-elle pas où aller. Elle n'a jamais raconté ce qu'elle avait vu dehors ; pourtant j'aurais tant aimé qu'elle me parle des nuages, des brins d'herbe, de la brise. Elle devait sans doute avoir peur des représailles, des soldats purificateurs. Je sais ce que c'est.

Je tire une flasque de mon sac et bois quelques gorgées d'eau. J'espère en trouver en chemin. Abreuvée, je ferme mon sac à dos. Le zip de la fermeture éclair brise le silence de la forêt et me fait sursauter. Je me sens comme intruse parmi les arbres.

Dans quelques heures il me faudra trouver un abri pour passer la journée. Voyager en plein soleil est trop risqué. Les soldats ne s'aventurent pas hors des secteurs la nuit, ils ont peur des mutations, du virus. Toutes ces rumeurs que véhiculent les grands prêtres à la population. Ils terrorisent pour éviter les révoltes. Et ça marche. Depuis la grande révolution, l'Azur et ses dix-sept secteurs n'ont connu aucune rébellion, tant le peuple est effrayé et soumis. C'est en partie dû à la création des centres de purification. C'est là-bas qu'on envoie les enfants des secteurs. Ils sont enlevés à leur famille le jour de leur neuvième anniversaire, ils sont ensuite entassés dans les centres, et endoctrinés. Là-bas, tout ce qu'on nous apprend, c'est à craindre le monde extérieur, et adorer l'Azur et les grands prêtres qui le dirigent.

Nous vous protégeons du virus, la vérité est qu'ils s'assurent le calme. Les habitants des secteurs ne se rebellent pas de peur qu'il arrive malheur à leurs enfants, et les générations futures obéiront aux purificateurs, tant elles ont été conditionnées dans les centres. Ce sera la fin des groupes de résistants. Mon père disait souvent qu'aucune cause juste ne pouvait être servie par la terreur. C'est pour cela qu'il se battait autant.

Papa faisait partie d'un des derniers groupes de rebelles ; les Cendres. Il a toujours fait en sorte que mon esprit soit clair, et à l'abri des sermons officiels. Lui et ma mère ont essayé, en vain, d'empêcher mon départ. Mais les purificateurs étaient là, le jour de mon neuvième anniversaire, à attendre devant la porte de la maison. Ils n'ont rien pu faire, à part tatouer mon avant-bras comme il est de coutume parfois, quand l'enfant unique s'en va. Pour qu'il se souvienne. Sur le mien, il y a une série de points reliés entre eux par un fin trait noir. C'est Cassiopée, la constellation qui me sert de boussole. C'était un jeu avec mon père quand nous partions camper dans la forêt qui bordait le secteur 4, il m'apprenait à me repérer grâce aux étoiles. Il me suffisait de repérer l'Ouest et de suivre la constellation jusqu'à la pointe. J'esquisse un sourire ; il avait pensé à tout.

Je reprends ma route, deux ou trois kilomètres pas plus. Les quelques rayons de lumières qui ne sont pas filtrés par les branches au-dessus de ma tête m'indiquent qu'il doit être à peu près dix heures du matin. Mon absence a été constatée, et les soldats purificateurs – envoyés par l'Azur – ne vont pas tarder à ratisser les environs à ma recherche. La forêt est dense, pleine de mousse humide. Ça sent la terre, la terre après la pluie. Je ralentis le pas. Six heures que je marche, et le soleil qui sera bientôt au zénith… il me faut trouver un refuge en attendant que la nuit ne tombe, histoire de dormir un peu, et surtout de me tenir retranchée. Les soldats arpenteront bientôt les bois à ma recherche, et ce sans relâche jusqu'à la nuit tombée. C'est là, dans l'obscurité, que j'avancerai le mieux, au calme. Sans soldats purificateurs à mes trousses.

Il y a une vingtaine d'années, une violente épidémie a décimé la population de ce qui n'était pas encore l'Azur. Les infectés souffraient de fortes fièvres, crachaient du sang et perdaient peu à peu la vue. Ils étaient systématiquement emmenés par l'armée. C'est là que tout a commencé. Le gouvernement, déjà précaire, a été dissout pour mettre en place une autorité temporaire : l'Azur. Le temps de combattre l'épidémie. Mais l'épidémie est partie, et les grands prêtres sont restés ; divisant le pays en dix-sept secteurs, emportant les enfants dans des centres et… inventant de drôles d'histoires sur de prétendues mutations génétiques qui se promèneraient, la nuit, en dehors des secteurs. Les yeux crevés , derniers rescapés de l'épidémie. Mon père n'y a jamais cru, bien qu'il n'ait jamais plus mis un pied en dehors du secteur 4. Maman disait souvent que son regard avait changé après ça, qu'il avait vu trop de gens mourir. Alors il s'est tenu à son rôle, élever son enfant, nourrir sa femme, aider les siens par moment, sans offrir une résistance trop musclée aux purificateurs présents par chez nous.

En face de moi, il y a un grand arbre au tronc creux. Un marronnier. La fente est peu épaisse, mais assez grande, je pense, pour que je puisse m'y faufiler. L'endroit parfait. Les soldats s'attendront à voir courir une gamine perdue et éplorée, mais je serai tout près. Tout près et pourtant hors d'atteinte.

Je glisse mon sac à dos dans l'arbre, en priant pour qu'il ne soit pas trop épais et ne me prive pas de place, puis j'entre à mon tour. Mon dos se cale contre le tissu synthétique du sac, moelleux il me fait comme un oreiller. Je ris, en pensant que ce n'est pas si inconfortable, le creux d'un arbre. Maman me surnommait mon petit écureuil quand j'étais toute petite, elle serait bien amusée elle aussi de me voir là. Je gratte un peu de la mousse verte qui tapisse l'intérieur du tronc et l'utilise pour fermer l'entrée, et masquer ma présence. Le soleil, qui tape un peu plus fort, filtré par la mousse laisse dans mon cocon une lumière verdâtre, comme si je me trouvais au fond d'une vieille mare vaseuse.

Là, à l'abri, je peux enfin fermer les yeux. Je n'ai pas dormi depuis plus de vingt-quatre heures, autant dire que toutes les cellules de mon corps sont au ralenti. Et alors que le sommeil me gagne, mon cerveau est toujours envahi de questions.

J'essaie de faire le vide, me focalise sur ma respiration, mais rien ne fonctionne. J'ai peur qu'ils me trouvent, qu'ils me renvoient là-bas ou pire. Que j'ai fait tout ça pour rien. Je m'imagine remonter à l'arrière du pick-up, l'ombre des grilles à travers le soleil se dessiner sur ma peau, et le regard hébété que prendraient mes camarades en apprenant que ma fugue n'a pas donné suite.

Tout, mais pas ça. Tout, mais pas retourner là-bas, dans ma cellule stérile aux murs blancs. Tout, mais pas cette vie chronométrée, millimétrée, aseptisée. Non.

Vais-je y arriver ? Lasse d'être submergée par tout ce flot de questions, je finis par fermer les yeux.

Et je m'endors, épuisée.

- Elle a pas mal cavalé la petite. Quatre heures qu'on marche, et on ne l'a toujours pas vue.

Les pas lourds des soldats purificateurs me tirent de mon sommeil. J'ai peut-être dormi trois heures, le soleil tape fort sur mon rideau de mousse. Nous devons être en début d'après-midi.

Ils sont moins nombreux que je ne l'avais imaginé, deux ou trois au maximum. J'entends le craquement des aiguilles de pin sous leurs rangers. J'aimerais tant jeter un œil dehors, voir leurs visages. Il est important de savoir qui on fuit. Et puis… peut-être qu'en leur parlant, en leur expliquant que l'Azur les manipule… peut-être qu'ils m'aideraient. Je secoue la tête pour chasser cette pensée de mon esprit. La peur nous fait parfois espérer de façon démesurée.

- On ne devrait pas tarder à la trouver, elle n'a quand même pas marché toute la nuit.

Je souris, arrogante. Détrompez-vous, je pense, elle a marché toute la nuit.

- Ferme-la et ouvre l'œil. Il nous faut rentrer avant la nuit.

- Dale, on cherche depuis des heures ! La petite s'est fait bouffer par les Yeux Crevés, je ne vois pas d'autre possibilité.

Il y a comme un silence. J'entends quelques bruits de pas.

- Peter… qui était chargé de surveiller le centre cette nuit ?

- Moi…

- Et qui s'est endormi et a laissé filer la môme ?

- C'est… moi.

Le Dale rit, d'un rire narquois, mauvais.

- Alors, prie pour que la gamine n'ait pas croisé les Yeux Crevés. Parce que tu connaîtrais probablement le même sort.

Les purificateurs continuent de marcher, leurs pas s'éloignent à présent. La pression redescend, peu à peu. Je leur ai échappé aujourd'hui. Mes muscles se détendent. Sans faire de bruit, je tire de mon sac un sachet en plastique hermétique. Une ration de survie, que j'ai volée avant de quitter le centre de purification. La route et l'angoisse m'ont donné faim.

À l'intérieur, de la viande séchée et des lentilles. Rien qui ne me fasse rêver, mais ça remplira mon estomac pour la journée. Je décide de n'en manger qu'une partie, et de garder l'autre pour plus tard. Je n'ai que trois sachets comme celui-ci. Après il me faudra improviser. La nourriture emplit vite mon estomac vide, j'en avais vraiment besoin.

La lumière semble moins forte, le ciel s'est assombri. Je fais glisser un pan de mousse, et observe le ciel. Le soleil descend peu à peu, il doit être dix-sept heures. Je partirai dans deux heures, le temps pour moi de reprendre encore des forces.

Dans le creux de mon arbre, les yeux clos, je tente de gratter quelques heures de sommeil. En vain. Les pensées et l'impatience altèrent mon esprit. La fatigue ne peut calmer mon ennui et mon envie d'aventure. Pour m'occuper, je sors un couteau de mon sac. La lame est en acier noir et mat. Et à l'intérieur du tronc je grave : Victoire White était ici .

Je m'appelle Victoire. C'est un choix discutable, je l'admets, mais c'est celui de mes parents. Victoire. Je pense que c'est ce dont il avait le plus besoin, dans leur univers trop obscur. Une victoire. C'est leur esprit révolutionnaire qui a parlé, ils avaient sans doute de grandes ambitions pour ma génération. Un désir de… Victoire. D'indépendance et de liberté. Mais Victoire me sied mieux qu'Indépendance ou Liberté, il faut bien l'avouer.

Avant l'épidémie, mes parents menaient une tout autre vie. Maman terminait de longues études de médecine, où elle excellait. Mon père était journaliste, dans la presse politique. C'est lui qui enquêtait sur les comptes off-shore des ministres par exemple. C'était déjà un révolté, à sa manière. Et puis il y a eu l'épidémie. Et puis je suis arrivée.

Quand l'Azur a été mis en place, et le pays sectorisé, les gens ont arrêté d'exercer pour cultiver la terre et ainsi ne pas souffrir de la faim. Pas mes parents. Papa continuait d'enquêter sur l'Azur, les grands prêtres et leur soi-disant système de purification, tandis que Maman soignait les derniers infectés de l'épidémie, en vue de trouver un vaccin. Cela n'a pas plu aux autorités. L'appartement a été saisi, et la famille déportée dans le secteur 4. Le secteur des rebelles. Un genre de no men's land où l'on entasse ceux qu'on ne veut nulle part, au milieu de ceux qui sont déjà là.

C'est là que mon père a rencontré les Cendres. Une organisation de la révolution. Maman était enceinte, et il voulait protéger son enfant. Il y a eu quelques émeutes, rien de bien grave en apparence, jusqu'à ce qu'un purificateur soit tué. C'était un accident. Les dirigeants des Cendres ont été arrêtés, tués.

Papa a repris les rênes, plus discrètement cette fois-ci. Fini les incendies et les manifestations, les Cendres agissaient désormais dans l'ombre, cachant les enfants pour qu'ils ne partent pas dans les centres, protégeant les récoltes des impôts des purificateurs. Malheureusement, il n'a pas pu empêcher qu'ils m'emmènent.

Je n'avais plus pensé à mes parents depuis un moment. En réalité, je me force à ne pas y penser. C'est beaucoup trop difficile. Cela fait six ans maintenant que je suis partie. Les visages sont devenus flous, masqués par la brume. Le son des voix est couvert d'écho. Le manque, ce n'est pas le pire. Le pire, c'est de ne plus se souvenir. Le sentiment de culpabilité. L'oubli. Je me demande s'ils se souviennent de mon visage, s'ils me reconnaîtront. Je n'étais qu'une petite fille, en partant. J'aurai seize ans dans dix jours. Que de temps perdu...

Il commence à faire froid, je décide qu'il est temps de sortir de l'arbre et de reprendre ma route. L'air est glacé, bien que nous ne soyons qu'en début de soirée. Le ciel entre gris clair et gris foncé est piqué d'astres scintillants. Je tire un sweat à capuche de mon sac et l'enfile avant de grelotter. Le froid, plus vif qu'hier, saisit tout mon corps. Presque ardent.

Mon sac sur le dos je marche un peu, jusqu'à ce que les arbres laissent suffisamment d'espace entre les branches pour que je puisse observer les étoiles. Là, je les vois, les constellations. La ceinture d'Orion, la Grande Ourse et sa petite sœur. Enfin, la voilà, la seule qui m'intéresse : Cassiopée, mon repère. Celle dont les points lumineux oscillent sur mon avant-bras aussi bien que dans les étoiles. C'est vers l'Ouest que je dois aller, et suivre ensuite l'extrémité de la constellation. J'essaie de me repérer, dans l'obscurité de la fin de journée. L'Ouest est par là, c'est par là que je dois marcher. Alors, après une inspiration, je fais le premier réel pas de mon aventure.

Étonnamment, je trouve les journées plus calmes que les nuits. La nuit, la forêt est en éveil. Les sens sont tous sollicités. J'entends les chouettes ululer, je sens l'odeur de la terre fraîche et humide, l'obscurité pousse mes pupilles à leur maximum pour distinguer les formes, les couleurs. Vivre la nuit à son apogée, c'est accepter une synesthésie dérangeante au départ, puis rassurante au final. C'est finalement ressentir une sorte d'immunité contre tout danger, je me sens vivante, invincible.

Je ne sais pas combien de kilomètres je dois parcourir. Le secteur 4 est à une journée en pick-up du centre de purification, alors à pied… Autant dire que je marcherai toute ma vie. Mais je me découvre une étrange passion pour cela ; parcourir les bois, la nuit. J'aime la sensation moelleuse de la terre foulée sous mes bottines. Je me sens libre, et cela a rarement été le cas ces dernières années.

La vie au centre de purification n'est pas difficile. On n'y souffre ni de la faim ni de la violence. En réalité, pour certains, le centre de purification peut même paraître agréable, contrastant avec les coups et la famine avec laquelle la plupart des pensionnaires cohabitaient depuis toujours. Quatre enfants par chambres, des lits confortables. Les sœurs purificatrices qui s'occupaient de nous étaient bienveillantes. La vie était rythmée par les prières et l'enseignement, plus ou moins religieux. On nous apprenait comment les grands grands prêtres purificateurs étaient bons, divins. Des phrases par centaines qu'il fallait apprendre par cœur. Des foutaises qu'on avalait à longueur de journée. Nous vous protégeons du virus , Les grands prêtres sont les élus du tout puissant . Non, la vie dans le centre était loin d'être difficile, mais... Il manquait un soupçon de liberté. Le vent dans mes cheveux, courir, courir jusqu'à être en nage, l'odeur de terre, les brins d'herbe, le soleil, la pénombre. Tout n'était que lumière artificielle, thermostat à heures fixes, constantes, pilules, plastique. Sourire, se tenir droit.

Il manquait la liberté. La possibilité de spontanéité. Le droit à l'improvisation.

Un bruit dans les fourrés me fait sursauter. Je m'immobilise, arrête de respirer. Une seconde, deux, trois, quatre... Mes poumons se vident en un flot constant. Je me rappelle des paroles des soldats, qui voulaient rentrer avant la nuit par peur des Yeux Crevés, un frisson court tout le long de ma colonne vertébrale. C'est ainsi que sont surnommées les mutations génétiques qui parcourraient, selon le communiqué de l'Azur, les zones hors secteurs. Un genre de zombie enleveur d'enfants, avec la peau brûlée, les yeux sans réflexions. Trop caricatural, presque issu d'un conte pour enfants : le bouc émissaire parfait pour un état totalitaire parfait. C'est ce que mon père disait, parfois.

Le bruit provient d'un buisson, plus loin en contrebas. Je m'approche et essaye moralement de me préparer au combat, malgré ma force quasi inexistante. Un moineau qui partirait à la guerre. Quand soudain, une patte, puis deux, un joli renard surgit des feuillages. J'éclate de rire, c'était donc ça le revenant prêt à dévorer mes entrailles ? J'admire la cambrure de l'animal, sa grâce, tandis qu'il s'enfuit quelques arbres plus loin. Agiles, aériens, ses pas ne font pas un bruit sur les feuilles mortes. Je le regarde disparaître dans la pénombre, béate. La vie nous réserve parfois de jolies surprises. C'est cela qui manque, au centre de purification. Les surprises spontanées de la vie, la nature. Quelque chose qui n'est contrôlé par rien, imparfait, mais palpable, réel. Galopant au-delà des tuyaux de verres et des murs en béton. Pur.

Et je continue ma route, sous les étoiles de ma constellation. Émerveillée par ce monde plus vivant que je ne l'avais jamais connu.

La deuxième ration de survie que j'ouvre contient du chili con carne, de la compote de pommes et un caramel mou. J'envierai presque les purificateurs en mission.

La nuit est déjà bien avancée, j'ai fait une pause déjeuner. Il fait moins froid qu'hier, ou peut-être est-ce marcher si longtemps qui me maintient au chaud. Mais mes doigts ne sont pas engourdis par le froid ce soir, c'est déjà ça. Je commence à m'habituer à l'obscurité, comme un animal nocturne. J'arrive à voir des détails, à entendre tous les petits bruits de la nuit. Mes sens sont en éveil.

Il va bientôt falloir que je trouve de l'eau. Ma flasque est presque vide, et je ne veux pas risquer une journée sans boire ; tout d'abord parce que je n'ai pas envie d'avoir l'esprit occupé par autre chose que ma fuite, mais aussi parce qu'avoir la langue pâteuse plusieurs jours durant me ralentirait fortement.

- Allez Victoire, trouve de l'eau.

Bien que j'apprécie cette immersion dans la nature, je commence à souffrir un peu de la solitude.

Je n'ai jamais été une grande solitaire, au contraire. Au secteur 4, j'étais une gamine choyée par tous. Ce qui signifie ici que j'appelais tous mes voisins tonton ou tata . Nous vivions en groupe, les portes des maisons n'étaient jamais fermées à clé. Et c'était grâce aux Cendres ; ils assuraient protection et harmonie au sein de la communauté.

Arrivée au centre, les sœurs purificatrices m'ont souvent reproché d'être trop bavarde. C'est ça qui est le plus dur, aujourd'hui à mesure que je marche, le silence.

Je m'assois quelques minutes au pied d'un arbre. C'est ma deuxième nuit ici, et je croirais que ça fait une éternité. Le sol est couvert de mousse, de feuilles mortes et d'aiguilles de pin. J'inspire profondément, emplissant mes poumons de l'air frais de la nuit. Les bruits nocturnes ne me font plus aussi peur qu'au début, au contraire. Je me plais à les distinguer. Le hululement de la chouette, le chant des insectes, le clapotis d'une source d'eau non loin... je me redresse sur mes rangers. Il y a de l'eau. Je dois trouver la source.

Mon sac sur les épaules, me voilà arpentant les bois en direction de ce bruit d'eau. Il est faible, mais constant. Sans doute s'agit-il d'une toute petite source, mais tant que l'eau y est claire, fraîche et potable...

Je marche, je marche, quand enfin je l'aperçois entre deux fougères. L'eau claire jaillit de la roche et s'évanouit quelques mètres plus bas. À la vue de son fin filet translucide, tout mon corps se désaltère déjà. Je remplis ma flasque, et bois des litres et des litres. J'en profite aussi pour faire une rapide toilette.

L'eau froide sur ma peau me donne des frissons. Mes mains, noircies par la terre, retrouvent leur couleur laiteuse. Ça fait du bien de se sentir un peu propre. Un peu fille.

Je n'avais jamais vu une eau aussi pure. Celle que nous avions dans le secteur 4 provenait des puits, et était légèrement teintée par la terre. Maman y mettait des pastilles chlorées, pour la rendre propre à la consommation. À la fin, c'était une eau chimique, javellisée, et à la couleur bleutée des piscines. Plus tard, au centre, l'eau était servie dans des bouteilles en plastique orange, scellées pour éviter tout risque de contamination. Rien à voir avec cette eau glacée et libre qui file le long de mes doigts.

Le ciel est plus clair qu'auparavant, les étoiles disparaissent une à une. Je décide d'avancer encore quelques heures, avant le jour. C'est là que je l'aperçois. Au sol, partant dans la direction de ma destination, deux épais segments de métal. Des rails. Vestiges d'une voie ferrée antérieure à la grande politique de sectorisation. Je passe ma main sur leur surface lisse et froide et esquisse un sourire. Ma route est tracée, à même le sol. Je prends ça comme un signe du destin, un des clins d'œil que me ferait la vie.

Je suis la voie ferrée. Au fil de mes pas, un vent glacial se lève. Je m'emmitoufle dans ma veste, regrettant qu'elle ne soit pas plus épaisse. Nous n'avions pas besoin de vêtements chauds au centre, la température était fixe, réglée par machine en permanence. L'environnement était aseptisé, pour nous maintenir forts et en bonne santé. Pour faire de bons soldats.

La plupart des enfants du centre, d'ailleurs, ne rentrent jamais dans leurs secteurs. La plupart s'engagent afin de devenir purificateurs ; d'une part, car la propagande de l'état est relativement efficace, mais aussi parce que devenir soldat purificateur de l'Azur c'est assurer tranquillité et prospérité à sa famille. Les parents de purificateurs ne subissent pas de prélèvements sur leurs récoltes, et ne souffrent donc pas de la faim, ou du manque d'argent.

Les filles elles aussi peuvent entrer dans l'Azur, en sortant du centre. Soit en devenant sœurs purificatrices, dans des couvents ou dans des centres de purification, à s'occuper des enfants des secteurs, soit en devenant Fleurs de l'Azur, une alternative plus... obscure.

Les Fleurs de l'Azur sont promues au physique. Elles sont envoyées au siège, chez les pères purificateurs, en tant qu'épouses et mères. On ne choisit pas de devenir Fleur. Le choix s'impose à vous. Un beau jour, la mère purificatrice vous dit de préparer vos affaires, et le lendemain vous n'êtes plus là. On raconte que la vie au cœur de l'Azur n'est que fête et luxure. En réalité, ce ne sont que des courtisanes que les pères purificateurs engrossent, et chargent d'élever leurs progénitures. L'équivalent moderne et remis au goût du jour des favorites du roi. De toute façon, c'est cela une dictature ; une machine à fabriquer du passé avec de l'avenir.

Aucun retour n'est possible, quoi que l'on fasse.

Je repense à l'avant-veille. Sœur Espérance m'avait convoquée dans un boudoir jouxtant la chapelle. Et instantanément, j'ai saisi. J'ai su qu'il n'y aurait pas d'échéance, pas de demi-tour. Pas de jour d'après.

- Vous avez été choisie, Victoire. Les pères purificateurs vous veulent avec eux, à l'Azur !

- Mais… Sœur Espérance, je veux juste rentrer chez moi. Au secteur 4. Avec les miens. S'il vous plaît, dites-leur que je suis inapte, que je ne peux pas partir.

- Considérez votre chance, mademoiselle White !

J'ouvris la bouche pour répliquer, elle balaya mon flot de mots d'un geste de la main. Elle me regardait comme on regarde les enfants capricieux : avec sévérité et exaspération.

- Vous partez demain en fin de matinée. Soyez prête.

Rien à ajouter. L'Azur ne laisse pas son mot à dire au peuple. De toute façon, je ne suis pas sûre qu'ils aient quelque chose à dire. Les habitants des secteurs sont comme anesthésiés, la crainte du virus et des mutations a étouffé toute tentative de révolte. Trop impuissants. Pourtant, je pense que c'est notre façon de réagir aux situations qui nous donne du pouvoir. Pour s'ancrer dans son destin, il faut savoir s'y heurter, pousser son voilier contre le vent. Aller au-delà.

Alors j'ai décidé de m'y heurter, à mon destin. J'ai rempli un sac à dos et je suis partie. Contre le vent.

Je continue de suivre les rails. Autrefois, des trains circulaient ici, à travers la forêt, transportant des centaines de voyageurs à travers le pays. Des travailleurs, des touristes, des étudiants… Ce devait être vivant, un pays découpé par des rails, des routes, des canaux. J'imagine la foule, déambulant autour de moi. Des bruits, des couleurs, des sensations, l'idée d'être libre. De choisir ses amis, son président, sa religion. Sans l'avoir connue, je regrette cette époque.

Mes pas crissent dans les feuilles mortes et me tirent de ma rêverie. L'invisible commence à devenir perceptible ; le jour est en train de se lever. Je tire une barre de céréales de ma poche. La nuit a été très longue, il me faut trouver un abri pour la nuit, enfin, pour le jour. Tout fonctionne à l'envers depuis que je suis partie. Marcher la nuit, dormir et se cacher la journée… Tout ça à cause des purificateurs. Je me demande quand ils arrêteront de me poursuivre. Au bout de vingt kilomètres ? Trente ? Cent ? Peut-être n'abandonneront-ils jamais, ou au contraire, peut-être ont-ils déjà arrêté de me rechercher. Je m'imagine enfin libre, pouvoir parcourir la forêt sous le soleil, avec l'assurance de rentrer enfin chez moi, ne pas sursauter au moindre bruit. Et la tension redescend petit à petit, je commence à croire à l'histoire que je me suis inventée. Après tout, pourquoi me courir après des jours durant ? C'est sûr, ils ne me chercheront certainement pas aujourd'hui. Les purificateurs ont d'autres sujets à traiter.

Et alors que je fredonne, moins anxieuse et plus aérienne que ces deux derniers jours, des voix lointaines cassent mon fantasme. L'aube est déjà là, les purificateurs aussi. Étonnant d'ailleurs. J'effectue une rotation sur moi-même, les voix proviennent de l'épaisse forêt de pin que j'ai traversée il y a quelques minutes. Les arbres y sont si serrés qu'il faut se faufiler entre les branchages et leurs douloureuses épines. Cela me laisse une dizaine de minutes pour m'enfuir et me cacher. Alors sans réfléchir, je détale. La vitesse rend ma vision ivre, tout autour de moi n'est qu'un paysage flou, pareil à ceux des impressionnistes. Seuls les rails, scintillants sous les premières lueurs du jour, guident ma course. Nets et confiants. Je n'entends plus que le frappement lourd de mes pas sur le sol, et le rythme sourd de mon sang dans mes tempes. Prise de panique.

Un jour, à la sortie de l'école, j'ai croisé deux purificateurs. L'un d'eux s'est approché de moi, sans doute sans mauvaises intentions, et j'ai détalé. Totalement effrayée. J'ai couru sans relâche jusqu'à la maison, où Maman m'attendait sous le porche. Mes jambes, plus frêles qu'aujourd'hui, me suppliaient de stopper cette course insensée, mais mon cœur battait si fort… J'avais tellement peur qu'ils m'enlèvent, comme dans les histoires que l'on me racontait. Prise de panique. La sensation est la même aujourd'hui : le vent qui frappe mon visage, mon corps qui semble s'alourdir à chaque fois qu'il heurte le sol, et s'allonger à chaque foulée, mais surtout la peur. La peur qui paralyse mon corps, tant et si bien que j'en oublie de respirer.

La forêt se dilue, soudain j'entre dans un puits de lumière. Les arbres s'espacent les un des autres. Une clairière. Je mets quelques mètres à ralentir, frappée par l'élan. Le ciel clair du petit matin m'éblouit. L'herbe est tendre et verte, toujours cisaillée par les rails que l'aube a perlé de rosée. Je prends le temps de respirer, sans pour autant m'arrêter de marcher. Face à moi, un mur de verdure. C'est une colline, je décide de la gravir. Une fois de l'autre côté, je serai à couvert. Cachée par cet océan vert.

J'ai le sentiment de les avoir semés. Ils sont sans doute armés, expérimentés, mais je suis légère, frêle, et agile. Une biche sur son territoire. Ma fuite, mon territoire. La peur s'efface un peu, aveuglée par ce ciel si vaste, si clair.

Une trentaine de mètres me séparent du sommet de la colline. J'accélère, un pas puis l'autre, et me laisse tomber au sol une fois tout en haut. Là, affalée sur l'herbe à côté des rails, j'ai une vue imprenable. Je vois les montagnes aux sommets enneigés, la forêt, les plaines… Le ciel gris clair de ce matin s'est dégagé, le soleil s'est levé, faisant fondre les nuages dans son avènement. Le dôme au-dessus de ma tête est si bleu qu'il semble onirique, comme si quelqu'un avait tendu une toile colorée. Plus bas, il y a un bâtiment tout au bord des rails. Une gare. J'essaie d'estimer la distance. Le bâtiment est tout prêt, peut-être dix minutes de marche. Je décide de m'y rendre, dans l'espoir d'y dénicher un endroit à couvert pour passer la journée, à l'abri de mes traqueurs.

Ce n'est pas rare de trouver des bâtisses abandonnées entre les secteurs ; des maisons, des centres commerciaux, des hôpitaux. Déserts d'une ancienne vie.

Maman m'avait raconté ce jour où les gens ont été sommés de quitter leurs maisons, où les commerçants ont fermé boutique pour une nouvelle ère, ce qu'ils pensaient tous être le progrès, la sécurité, et un genre de renouveau. Elle disait que les rues étaient calmes, les habitants dociles et silencieux montaient un à un dans de grands bus. La peur et l'épidémie avaient ravagé leurs vies. Elle s'étonnait de l'absence de révolte, de bruit, mais je comprends maintenant. Quand on a tout perdu, on n'a plus rien à perdre. Pour beaucoup d'entre eux, l'avenir ne pouvait pas être pire que le présent.

Je dévale la pente, et le petit kilomètre qui me sépare de la gare désaffectée. Fini de flâner, *me dis-je*, les purificateurs ne tarderont pas . Le dénivelé donne tant de vitesse à mes pas que je peine à ralentir. Et plus vite que je ne l'aurai pensé, les murs de briques me font front. Je me sens minuscule, aussi petite que les sujets que l'on cache dans les galettes des Rois.

Le toit de taule est rouillé, les murs brodés de lierre. Portes et fenêtres sont barricadées, avec de grossières planches de bois. Je me tiens un instant face au bâtiment, n'osant approcher. Enfin, après une inspiration, je traverse les rails d'un pas assuré. Je dois trouver un moyen d'accès, une brèche entre les planches. Je tâtonne, et rien. Les issues semblent murées, hermétiques. Au même moment, deux silhouettes se dessinent en haut de la colline. Ils sont là. Deux hommes, que je devine grands et armés. Ils sont là pour moi.

Tout s'accélère, avant qu'ils ne m'aperçoivent, je saute dans les ronces sur le côté non exposé de la gare et contourne le bâtiment. Les épines traversent la toile de mon jean et viennent griffer mes cuisses, mes mollets. Il y a une lucarne sur la paroi au-dessus de ma tête, entrouverte. Je n'aurai qu'à pousser le battant de la fenêtre et à m'y faufiler, si seulement elle n'était pas à un mètre cinquante en amont. Vite, une solution.

La paroi est rugueuse et glacée. Quelques briques se sont détachées et s'étalent à mes pieds, creusant le mur à plusieurs endroits. Je me colle aux briques et entreprends une ascension, me servant de chaque accroc dans le mur comme d'une prise d'escalade. Un vent fort et glacial s'est levé, je manque de tomber à plusieurs reprises. La lucarne est là, à quelques centimètres de moi. Il faudrait que je puisse me hisser jusque là. Le mur, à mon niveau, est redevenu lisse ; je ne peux m'accrocher nulle part. La seule solution c'est de sauter, en poussant fort dans les jambes jusqu'à la petite fenêtre. Là, je n'aurai qu'à forcer et je serai à l'intérieur. Mais j'ai peur. Mon corps est comme tétanisé, par le froid et par l'angoisse. Si j'échoue, non seulement je tomberai de presque deux mètres sur un sol couvert de ronces, mais en plus je n'aurai plus le temps de trouver une autre cachette. Les purificateurs seront là d'une seconde à l'autre. Je serai à leur merci..

J'essaie de rassembler tout le courage qu'il me reste. Un, deux, trois. Je me propulse. Mes mains agrippent de justesse le rebord de la petite fenêtre. Mes doigts sont gelés, et douloureux. Je peine à rester accrochée, mes jambes se balancent dans le vide et heurtent le crépi par moment, produisant de petits éclats.

- Tu crois qu'elle est là-dedans ?

Je reconnais la voix d'un des purificateurs de la dernière fois. Paniquée, je me hisse de toutes mes forces, atteignant enfin la lucarne. Là, je me glisse par la fenêtre entrouverte. L'intérieur de l'ancienne gare est plongé dans l'obscurité. J'avais pensé à la montée, mais pas à la descente. Et voilà qu'après avoir parcouru les bois, je m'apprête à me briser la nuque. Je ris, jaune, dévorée par la nervosité.

- Si elle y est, ce n'est plus pour longtemps.

C'est Dale qui a parlé. Je me souviens de sa façon de parler, narquoise, hautaine. Mauvaise. J'essaie de l'imaginer. Grand, rasé de près, avec sûrement une de ses vestes en cuir que portent toujours les méchants dans les films à la télévision. Un cliché du patibulaire antipathique.

Mes yeux s'habituent à l'absence de lumière. En dessous de moi, le hall de gare s'étend, plus grand que je ne l'avais imaginé. J'essaie de trouver un chemin, par où descendre sans risquer un saut dans le vide : sur ma gauche, il y a quelque chose. Comme une machine en métal, rectangulaire et poussiéreuse. D'un geste, je pivote et parviens à m'asseoir dessus. Je suis enfin à l'intérieur, à l'abri.

- On défonce la porte ?

- Tu es vraiment stupide, Peter. On ne t'a rien appris au centre d'entraînement ?

Peter ne répond pas, après tout ce n'était pas réellement une question. Depuis l'intérieur de la petite gare de campagne désaffectée, je peux suivre leur conversation. Leurs voix résonnent à travers l'espace vide.

- C'est là que se cachent les Yeux Crevés avant la nuit, reprend Dale

- Vraiment ?

- À ton avis, imbécile. Pourquoi je mentirais ?

Il y a un silence. Je reste perchée sur mon perchoir de métal. La gare est vide, pas de mutation génétique en vue. Je souris, ils ont trop peur de l'invisible et de l'inexistant pour venir me chercher. Je me sens victorieuse. Je porte décidément bien mon prénom. Alors en dernier signe d'arrogance, je déballe une ration de survie. La dernière. Riz et pavé de saumon. Pour une fois, je me sens bien. À l'abri. J'imagine les purificateurs, dans le froid. Ma situation à côté est presque confortable.

- Et si elle est morte ? C'est sûrement le cas. Personne ne survivrait de nuit dans les bois. C'est pas la première fois qu'un gamin s'échappe, d'habitude on arrête la traque après une journée.

- Cette fois-ci, c'est différent.

- Pourquoi ?

Dale marque une pause. Je me suspends à leurs paroles, elles rompent ma solitude.

- La gamine qu'on recherche s'appelle Victoire White. Son père est un des principaux dirigeants des Cendres.

- Ceux qui mènent la révolte ? C'est la fille d'Adam White ?

- Bien vu, l'aveugle.

Cela fait longtemps que je n'ai pas eu de nouvelles de mes parents. Au début, ils m'écrivaient, puis peu à peu, les lettres se sont espacées. Une pour Noël, l'autre pour mon anniversaire. Les échanges devaient être surveillés. Papa mène donc une révolution. Je suis fière. Et peu à peu, je comprends. Je comprends pourquoi l'Azur me voulait au siège. Quelle humiliation ç'aurait été pour les Cendres, d'avoir la fille d'un de leurs chefs mariée de force à un père purificateur, et offrir une succession à la dictature. J'imagine que les grands prêtres voulaient lui donner une leçon, se servir de moi comme d'une arme.

Je suis une arme, mais c'est contre eux que mon canon est dirigé.

Ils sont partis il y a quelques heures. J'ai dormi un peu, toujours perché sur ma tour de métal. Il s'agit en fait d'un distributeur de friandises, je m'en suis rendu compte un peu après leur départ, en allumant une petite lampe torche que j'ai découverte au fond de mon sac à dos. Je décide de me reposer encore un peu avant d'explorer les lieux.

Depuis mon juchoir, j'observe la pièce à l'aide de ma lampe. Les guichets, les bancs, une machine à café entourée d'une dizaine de gobelets en plastiques à terre. Rien, si ce n'est l'obscurité causée par les barricades et la saleté accumulée par les années, ne laisse penser que la gare est désaffectée. Sur ma gauche aux pieds du distributeur, il y a une grande poubelle en métal.

Je glisse le long de la plateforme de métal et balance mes jambes dans le vide. Tâtonnant, jusqu'à poser la pointe des orteils sur la poubelle. Elle émet un bruit métallique alors mon corps prend totalement appui dessus. Un bond plus tard, me voilà redescendue au niveau zéro. Les dalles colorées au sol sont couvertes d'une épaisse couche de poussière, jalonnée de traces de pas à l'allure récente. Les miens, et d'autres aussi… Quelqu'un a pénétré ces lieux il y a peu.

Je repense à ce que disaient Dale et Peter sur les Yeux Crevés, mais je me refuse à y croire. Les mutations génétiques n'existent pas, j'en suis sûre. Il doit s'agir d'un voyageur, d'un gamin qui s'est évadé d'un centre ou d'un homme qui a fui son secteur.

- Il y a quelqu'un ? je lance, tout bas

Pour seule réponse le bruit du vent à l'extérieur qui fait claquer les branches des arbres. Je suis seule. J'allume ma lampe torche et avance dans la gare. Mes pas résonnent quelquefois à travers le hall. Plus loin, près d'un des nombreux bancs en métal, une valise est à terre. Je m'en approche. Elle est en plastique orange, sa poignée télescopique est dépliée. J'hésite à l'ouvrir, mais, après un instant tire sur la fermeture éclair. Le zip émet un son métallique en coulissant le long de sa glissière.

Vide. J'aurais dû m'y attendre.

Je m'assois à l'extrémité d'un des bancs en fer, et regrette qu'il n'ait pas été plus confortable. C'est ça qui me manque : le confort. Un lit douillet, un coussin moelleux… Je ne suis décidément pas comme les héroïnes de ces films d'action de l'époque.

Lara Croft passe à l'action, court et tue les méchants. Jamais elle ne réclamerait un plaid en pilou pilou. Mais Victoire White, si. Je suis une guerrière en pyjama, capricieuse et immature.

À quelques centimètres, il y a un magazine. Il date d'Avant. Avant qu'on ne mette en cage l'ensemble de la population. En gros titres, des scandales dont on n'entend plus parler, des noms oubliés. Des choses qui semblaient avoir de l'importance, mais qui n'en ont plus aucune. Une certaine Angelina a adopté un petit cambodgien pour la septième fois, et l'Olympique Lyonnais a encore gagné la ligue des champions. Des potins, mais aucune réponse. Et le virus ? Et la montée de l'Azur ? Déçue, je repose le feuillet sur le siège à ma droite. Je manque définitivement de réponses.

La nuit tombera bientôt, les purificateurs sont sans aucun doute déjà loin. Je ramasse quelques friandises tombées en bas du distributeur, termine mon paquetage. Un dernier coup d'œil aux alentours, et me voilà hissée à l'extérieur. La descente est bien plus facile que l'ascension ; sans doute parce que le vent est tombé et ne frappe plus violemment sur mon visage.

Dans le ciel gris de fin de journée commencent à luire les étoiles, je repère Cassiopée. Positionnant mon bras à la façon d'une carte, je fais quelque pas calculant mentalement mon itinéraire. Et plus rapidement qu'il n'y paraît, je m'en vais, à vau-de-route. Vagabonde.

Un saule pleureur au loin semble border un petit étang. Je hâte le pas et m'en approche, pour remplir ma flasque. La pénombre s'installe, accompagnée par le bombillement des animaux nocturnes. Attentive, j'écoute leurs bavardages. J'aimerais savoir ce qui se dit. Ont-ils vu les purificateurs ? Connaissent-ils le chemin jusqu'à la maison ? Tant d'informations qui pourraient m'être utiles, et dont je suis dépourvue. Je soupire ; l'étang n'est plus très loin, j'entends son clapotis irrégulier et me laisse bercer un temps. La nuit sera douce, je le sens.

- Qui est là ?

La voix est grave, un peu rauque, mais assez juvénile. Je reste immobile tandis que la silhouette d'un jeune homme se dessine dans le début d'obscurité. Ce n'est pas un purificateur, l'absence d'uniforme me l'indique. Une épaisse veste en cuir enveloppe ses épaules que je devine athlétiques, ses cheveux bruns sont en bataille, collés par endroit par la sueur. Il a l'air sévère, et pourtant presque angélique, innocent. Cette allure grave et tendre qu'ont les jeunes adultes. Je reste silencieuse.

- Qui êtes-vous ?

La lune fait luire un objet dans sa main droite. Il est armé. Mon cœur rate un battement.

- Ne tirez pas. Je…

- Qui vous envoie ? C'est l'Azur ?

- Non ! Je… je m'appelle Victoire, je cherche à regagner le secteur 4.

Il s'immobilise, rigide. Une douce brise s'est levée, les branches du saule pleureur se balancent comme un rideau de perles, émettant un bruissement. J'avance d'un pas lent, comme face à un animal sauvage. Mes mains sont levées en évidence, pour lui montrer que je ne lui veux aucun mal. Je ne lui veux aucun mal. Je veux juste rentrer chez moi.

- Tu t'es enfuie ?

J'acquiesce, interdite. Il soupire.

- Et les purificateurs ? Ils sont à tes trousses ?

- Je les ai semés plus loin, dans la vieille gare.

- Tu es rentrée dans la gare ?

Il franchit les quelques mètres qui nous séparent, l'air alerte, et empoigne mon bras avec force.

- Réponds ! Es-tu entrée dans la gare ?

- Je… Oui je dis, dans un souffle.

Il a les yeux noisette, bordés de longs cils. Un tel angélisme détonne avec la pression que sa main exerce sur mon avant-bras.

- Petite merdeuse. Je devrais te flinguer, ou mieux : te livrer aux purificateurs !

- À choisir je…

- Par pitié, ferme-la. T'ont-ils vu entrer ?

- Non.

Mon bras me fait mal, dans l'espoir qu'il me lâche je continue.

- Ils ont dit que c'était le repère des Yeux Crevés, que de toute façon si j'étais dedans, c'était trop tard pour moi. Mais je sais bien qu'il n'y a pas plus de mutants ici que de bonshommes verts dans l'espace.

- Et qui t'a dit ça ?

- Mon père. Avant qu'on ne m'enferme dans un centre.

Il me lâche, je passe ma main côté valide sur mon bras endolori. J'aurai sans doute une trace, demain. S'il y a un demain. J'ai peur qu'il me livre à l'Azur, plus encore que de me faire abattre. S'il me livre, mon chemin sera vain. Si je meurs, il aura juste mal tourné.

- Allez, suis-moi. Il me dit, comme s'il ne savait pas vraiment quoi faire de moi.

Silencieuse, j'obéis et lui emboîte le pas. Que faire donc, de toute façon ? Le chemin est pesant, l'atmosphère est pesante. Lourd. La gare, que j'avais quittée précédemment me refait face. La nuit l'a rendue beaucoup plus effrayante, lui donnant l'allure des maisons hantées que les gamins visitent pour Halloween pour tester leurs limites – bien trop minces d'ailleurs –, pour se sentir vivant quitte à ne plus dormir des mois durant.

Nous contournons le bâtiment, passons devant la brèche que j'avais empruntée la première fois sans nous arrêter. Je ne peux m'empêcher d'émettre un demi-sourire fier, tant la lucarne était haute. J'aime l'idée d'être comme une de ces filles fortes et indépendantes que j'admire en secret.

- Dépêche-toi. Siffle le garçon, austère.

Je hâte le pas, derrière lui. C'est fou comme la violence ne lui va pas, avec ses longs cils et son air de grand-frère protecteur. Derrière la gare, il y a un parterre de lierre qu'il écarte. Et une trappe en métal, dessinée dans le sol comme une bouche d'égout, qu'il ouvre. Les meilleures cachettes sont les plus simples, finalement. Il y a une échelle métallique qui mène vers une zone éclairée à quelques mètres en dessous de nous.

- Après toi.

Je soupire, et m'engouffre dans le tunnel. Mes talons font claquer les barreaux de fer, le bruit résonne inlassablement. L'air se fait plus lourd qu'il l'était auparavant, mêlé à une odeur de terre. La lumière s'intensifie au fil de ma descente. Et les bruits... Non identifiables, ils sont pourtant là, un brouhaha qui m'enveloppe. Nous ne sommes pas seuls en ces lieux.

Je ne peux m'empêcher de repenser aux propos de Dale et Peter, les purificateurs, qui parlaient du repère des Yeux Crevés. M'y conduit-il ? Comme pour punir mon arrogance, quand j'ai affirmé qu'ils n'existaient pas. Mon père était si sûr de lui... Pourtant, à ce stade, je suis prête à tout remettre en question. La peur contraint parfois l'individu à contester des choses pourtant bien acquises.

Je sens un vide sous mon pied ; plus de barreaux, la descente est terminée. Je saute d'environ cinquante centimètres, et mes bottines claquent sur le sol bétonné. Nous y voilà. Je fais quelques pas. Les parois paraissent creusées dans la roche. Il y a un long couloir plus loin.

- Tu sais, je dis alors qu'il saute de l'échelle, je veux juste rentrer chez moi. Je ne vous causerais pas de problèmes, même si les purificateurs m'attrapent.

Son visage se dessine peu à peu dans l'obscure clarté du souterrain, à mesure qu'il s'approche de moi. Il sourit. Ses dents sont bien alignées, ses canines aussi pointues que celles d'un vampire. Mon regard accroche le sien et, à cet instant précis, pour la première fois je ne le sens pas malveillant. Il semble même apaisé. Ce côté fantasque me trouble, sans vraiment me déranger. L'ère a changé, les hommes aussi.

- Désolé si je me suis montré réservé. À vrai dire, c'est la première fois que je rencontre quelqu'un à l'extérieur.

- Tu ne vas pas me tuer alors ?

Il éclate de rire, clair. L'ange reprend enfin le dessus.

- Nous n'avons jamais tué personne.

Il me fait signe d'avancer le long du couloir. La traversée reste silencieuse. Le brouhaha s'intensifie à chaque pas. Enfin, une massive porte en métal nous fait obstacle ; dernière cloison entre notre duo hétéroclite et le monde souterrain.

Je dois avoir l'air effrayée parce qu'il pose sa main sur mon poignet, avec plus de délicatesse que la fois précédente, et oscille lentement la tête. Comme pour me dire que tout se passera bien.

- Attention les yeux. Il lance, ironique, en ouvrant grand la porte.

Foule.
Puits de lumière.

Thomas

- Mais enfin, Thomas, qu'est-ce qu'il t'a pris de la ramener ici ?

- Je suis désolé, je ne savais pas quoi faire...

Il a une carrure épaisse, et la peau foncée. Celle de ceux qui ont longtemps travaillé sous le soleil, sans compter les heures. Son regard est sévère, j'ai commis une erreur et mit en danger toute ma communauté. Ses sourcils sont froncés, juste au-dessus de deux yeux bleus, presque translucides. Qui me fixent sans toutefois parvenir à me voir ; conséquence du virus.

- Elle s'est évanouie, on n'a qu'à la lâcher dans les bois, et elle repartira comme si de rien n'était.

- Ce n'est pas si simple. Elle pourrait nous trahir. Une telle information vaut cher, très cher.

- Je suis désolé papa.

Il soupire, se dégage de derrière son bureau et me rejoint. Sans vaciller.

- Les erreurs font partie de l'existence. Tu lui as peut-être sauvé la vie, après tout. Je vais voir ce que je peux faire.

- Merci. Et si je peux aider, d'une quelconque manière...

La porte de la pièce s'ouvre violemment, quelques feuilles volantes posées sur le bureau s'envolent. Henri, un des membres de notre clan, se tient face à nous l'air alerte.

- Nostram ?

- Je suis là, répond mon père, qu'est-ce qui t'amène ?

Le petit homme s'avance, à tâtons dans la pièce. De tous, c'est celui qui a le plus de difficultés à se déplacer. La plupart comme mon père perçoivent encore la lumière par nuances, mais pas Henri. Henri vit dans l'obscurité. Son regard, aussi clair que l'eau, ne cesse d'osciller latéralement comme s'il cherchait quelque chose ; un miracle peut-être. Ce doit être effrayant, de vivre dans le noir.

- La gamine s'est réveillée, lâche-t-il grave.

- Qui veille sur elle ?

- Ariane la surveille.

Mon père se précipite dans le couloir, je le suis de près.

- Quel imbécile a laissé Ariane seule avec cette inconnue ?

Les couloirs défilent, les visages aussi. Le souterrain est vaste, plusieurs centaines de mètres au carré probablement, et sur trois niveaux. Tout date de la Seconde Guerre mondiale, il y a un peu plus de deux siècles. Il fallait alors fuir les bombardements ennemis et confiner un maximum de la population. Ce souterrain était un bon compromis. Aujourd'hui, il habite trente-six membres de notre communauté. Trente-six et demi, compte tenu du fait que Marigold est enceinte.

Tous se sont réfugiés ici après la grande épidémie, avant que l'Azur ne leur pose la main dessus pour les exterminer ; ou décontaminer les populations comme disaient les purificateurs. Mais le mal était fait, leurs rétines avaient brûlé, et les légendes sur Les Yeux Crevés leur collaient à la peau. Sur les trente-six habitants du souterrain, nous sommes deux à ne pas avoir connu la grande épidémie, et à ne pas en subir les conséquences dévastatrices. Ariane, ma petite sœur, est la deuxième paire d'yeux de la communauté. Un petit miracle pour cette population presque aveugle : les enfants sont sains.

- Ariane, écarte-toi !

La petite blonde lève les yeux vers nous, dans un calme absolu. Elle est assise sur le lit de la fugitive, et semble interrompue dans son discours.

- Ne criez pas si fort !

Son ton autoritaire me donne envie de rire, tant sa voix est fluette, mais elle ne démord pas et continue de poser sur nous un regard dur. Mon père se décrispe. Il a toujours eu tendance à surprotéger ma petite sœur. C'est la plus jeune ici, et elle a déjà tellement de responsabilités. Infirmerie, cuisine, potager, elle remplace et incarne les yeux de la communauté entière. Surtout lorsque je suis en chasse, à l'extérieur.

La fille est allongée sur le lit, face à nous, et suit la scène les yeux à demi clos. Elle s'est évanouie quelques secondes après son arrivée, lorsque j'ai ouvert la porte sur la salle commune. Je pense qu'elle a été surprise par les regards opalescents de nos membres, elle qui ne croyait pas en l'existence des Yeux Crevés. Et à son visage cerné, elle devait être exténuée et déshydratée. Depuis combien de temps errait-elle ainsi dans les bois ? Trop sans aucun doute. Je la dévisage ; à la lumière, elle est moins vilaine qu'elle en avait l'air, quoiqu'un peu pâlotte. Ses cheveux bruns sont détachés, et reposent par paquets sur ses épaules. Ses traits sont fins. Elle a tout des jolies filles qui s'ignorent. Une jolie fille fatiguée avec les mains écorchées. Rien d'anormal ici-bas.

Le calme est revenu, elle bat des cils et ouvre un peu plus large les yeux.

- Pardon pour le dérangement, elle murmure faiblement.

- C'est rien, on va te requinquer et tu pourras rentrer chez toi, lui répond ma cadette, volontaire.

Mon père soupire, quasiment impuissant. D'ordinaire, c'est un homme respecté au sein de notre communauté, mais il ne sait rien refuser à Ariane. À les voir, on croirait qu'elle négocie pour garder un oiseau blessé. Enfin, il s'éclaircit la voix.

- D'où viens-tu ?

La question est simple, mais sortie de nulle part, désarticulée du contexte. Je comprends qu'il ne sait pas vraiment pas où commencer.

- Je... Je me suis enfuie de mon centre de purification. Je cherche à regagner mon secteur.

- Pourquoi n'as-tu pas simplement attendu la fin de ton instruction ? Le jour de tes seize ans, tu es censée ren...

- Ils voulaient faire de moi une Fleur de l'Azur.

Dans les bois, je la trouvais beaucoup trop arrogante. Son ton est plus posé, désormais.

- Les Yeux Crevés, c'est vous ?

Mon père éclate de rire. De tas de petites ridules se forment à mesure que ses yeux se plissent. Et au milieu d'elles, des cicatrices. Certaines blanches, certaines rosées. Le soleil, suite au virus, a brûlé sa chair peu à peu. C'est couverts de linges que lui et les autres ont fui à travers les bois. Et quelque temps plus tard, il n'y avait plus de couleurs dans leurs yeux. Juste la lumière, plus ou moins intense, des formes plus ou moins vagues. La légende était écrite : ils étaient les Yeux Crevés.

- Le terme est un peu indélicat, tu ne crois pas ?

Il dit cela d'une voix douce, en un demi-sourire. Certains se seraient offusqués d'un tel vocabulaire, mais mon père a toujours traité la chose avec humour. Comment aborder la fatalité autrement, de toute façon ? Les secondes passent, Victoire se redresse un peu plus dans le petit lit qu'elle occupe à l'infirmerie. Une mèche de cheveux rebelle vient lui manger le visage sans qu'elle ne réagisse, je la fixe, agacé par ce détail tandis qu'elle répond.

- C'est comme ça que les gens vous appellent en ville.

- Ils ne devraient pas. Les gens sont stupides.

- Ils sont ignorants, pas stupides. L'Azur leur met tant de choses en tête qu'il est difficile parfois de faire le tri. Les gens ont peur, peur de perdre plus qu'ils n'ont déjà perdu. Alors ils se soumettent, avalent des histoires insensées, et la vie continue, et l'Azur enlève leurs enfants. Dans certains secteurs, on raconte même que des morts-vivants arpentent les bois en quête de chair humaine.

Mon père rit, elle aussi. Ariane se lève et vient se tenir à mes côtés, sans faire de bruit. J'interviens.

- Et toi, tu n'as pas peur ?

Mon ton est arrogant, je dois bien l'avouer, mais j'ai envie de la brusquer un peu. Je suis agacé par son jeu de séduction avec mon père. Je veux qu'elle reconnaisse qu'elle n'est pas à sa place ici parmi nous.

- Mon père m'a toujours dit de ne pas croire les racontars. Il contestait l'existence des mutations génétiques.

- Ah bon ?

- Beaucoup de ses amis ont été touchés par le virus, je pense qu'il préférait les savoir morts qu'errants sans but à travers la forêt. L'épidémie a décimé plus d'un tiers des habitants du secteur 4, c'était trop douloureux pour lui.

Elle finit par écarter sa mèche de cheveux, dégageant par la même occasion les draps qui l'enveloppaient jusqu'au menton. Ses bras sont nus et semblent frissonner au contact de l'air plus frais de la pièce. Un dessin à l'encre orne l'un de ses avant-bras, je ne l'aperçois que furtivement. D'après ma mère, il n'est pas rare que l'on tatoue les jeunes enfants avant leur départ, dans les secteurs. Vivre ici m'a jusqu'à présent protégé des aiguilles.

- Qu'est-ce que c'est ? L'interroge Ariane, en désignant les formes géométriques sur son bras

- C'est Cassiopée. Une constellation.

Papa, qui jusqu'alors semblait éteint, se redresse. À tâtons, il traverse la pièce jusqu'à la jeune fugitive, attrape son poignet et remonte du bout des doigts jusqu'au dessin.

- C'est pas possible...

Ses mains épaisses parcourent le tatouage, je devine que les traits sont en reliefs. Nous restons silencieux, tous sauf mon père qui ne cesse de répéter : C'est pas possible . Victoire a l'air effrayée, son corps semble tétanisé, sa lèvre inférieure tremble légèrement.

- Comment as-tu dit que tu t'appelais ? De quel secteur viens-tu déjà ?

- Je viens du secteur 4. Je m'appelle...

- Victoire.

Il relâche son avant-bras. Elle se tait, interloquée, je devine qu'il a vu juste. Et moi, je ne sais pas quoi faire. Je ne sais jamais quoi faire. J'ouvre la bouche, comme pour parler, mais rien ne sort. Je n'ai jamais été le roi de l'improvisation.

- Tu es la fille d'Adam et Sybile White.

Elle acquiesce, alors qu'il reprend déjà.

- Quand nous avons quitté le secteur 4, tu n'étais pas encore née. Ta mère était enceinte d'à peine quelques mois. Il avait été convenu que ton existence devait être cachée aux yeux de l'Azur, pour ne pas qu'ils t'enlèvent. J'en conclus qu'ils n'y sont pas parvenus.

- Le jour de mes neuf ans, les purificateurs étaient à notre porte. Ils n'ont rien pu faire.

- Nous étions une quarantaine de membres en résistance interne...

- Les Cendres.

Il marque une pause, son regard s'est adouci. Je sens qu'elle n'est plus considérée comme une intruse, bien au contraire. Victoire est importante, comme une pièce manquante au passé de Papa. Son passé si brumeux.

- Les Cendres, oui. Nous avions décidé de fuir, de bâtir une armée à l'extérieur, avec tous ceux qui souhaitaient être enfin libres. Mais l'Azur nous a pris par surprise.

- Le virus...

- Des armes chimiques, pour nous évincer. Nous diaboliser. En un quart de seconde, nous n'étions plus de courageux partisans admirés par le peuple, mais des monstres sanguinaires. Nous étions les Yeux Crevés. Nous avons dû fuir, mais tes parents sont restés. Sybile voulait protéger son bébé.

Ariane me tire par la manche, nous quittons discrètement la pièce. Ce n'est pas de notre ressort. J'appuie sur l'interrupteur, les néons grésillent et éclairent le couloir. Silence. Je suis exténué, j'ai besoin de réfléchir.

Quelles seront les conséquences de l'arrivée de Victoire ? Et surtout, de son départ ? Nous marchons côte à côte un instant, sans un bruit. Ma chambre n'est plus très loin, j'abandonne ma sœur et cours me réfugier dans mon havre.

La porte claque, et soudain il n'y a plus que moi. Je m'écroule sur mon lit. La journée a été rude. Chasser, ramener de l'eau, approvisionner toute la communauté comme chaque semaine. Et puis cette fille… Me voilà revenu de la chasse avec un bien étrange gibier. J'éclate de rire face à la métaphore ; je l'imagine prise dans un de mes collets, de larges ailes déployées encadrant son visage. Et pourtant digne. Oui, elle a un regard digne. Nous avons finalement beaucoup en commun. J'éteins la lumière, repose mes yeux. Mon esprit aussi.

Je mérite bien cela.

- Mon chéri, tu vas bien ?

Je reconnais la voix de ma mère. Aiguë, un peu cassée, et très douce à la fois. Mes paupières papillonnent, encore lourdes de fatigue, elle est tout prêt de moi assise au bord du lit. Toujours aussi belle, malgré les cicatrices, les rides et ce regard bien trop clair. Deux yeux d'un bleu surnaturel qu'elle plante droit dans les miens. Maman était déjà aveugle avant tout ça, l'arme chimique n'a rien changé si ce n'est quelques marques çà et là. Mais finalement, elle était déjà accoutumée à vivre dans l'obscurité ; alors après l'épidémie quand tous se plaignaient de leur cécité, Maman était celle qui voyait le mieux. Jamais je ne l'ai vue trébucher.

- Tu dois être épuisé, rendors-toi.

Je me redresse dans le lit.

- Non, c'est bon. J'ai suffisamment dormi. Comment va Victoire ?

- Mieux, j'ai pu lui parler un petit peu. Elle est dans le bureau de ton père.

- Avec papa ? Mais pourquoi ? Je pensais qu'elle repartirait…

- C'est ce qu'elle souhaite aussi, mais ce n'est pas si simple. Victoire est une arme, malgré elle. Il faut en faire bon usage.

Je ne dis rien, encore trop éreinté pour entrer dans un débat interminable. Elle se lève, reste immobile un instant comme flottant dans l'air de la pièce, le regard vide, puis sort. J'hésite à me rendormir, mais la tentation est trop forte. Cinq minutes plus tard me voilà derrière la porte du bureau paternel, à écouter, rongé par la curiosité.

- [...] Je ne comprends pas pourquoi vous souhaitez tant me garder ici.

- Victoire, nous pourrions faire tellement plus si tu restais parmi nous. Je comprends ton désir de retrouver les tiens au plus vite, mais... si nous entamions une révolution... avec toi, ça pourrait marcher.

- En quoi cela changerait quelque chose ?

Il y a un silence. Elle doit être près de la porte, car je l'entends distinctement, mon père au contraire ne laisse passer que quelques bribes de phrases incomplètes. Je le devine assis derrière son bureau, sans doute pour asseoir une potentielle autorité face à la jeune fille, et la faire plier. Mais une fille qui porte un tel prénom ne peut pas plier si facilement. Avec toute la volonté du monde, elle restera une petite effrontée, c'est dans son essence même.

- Avant l'infection, le peuple était de notre côté… Avec toi nous pourrions redonner espoir aux habitants des secteurs. Un peu de patience, Victoire, tu finiras par rentrer chez toi.

- Je vous ai déjà dit que cela ne m'intéressait pas. Je veux juste rentrer chez moi.

La poignée s'abaisse, je m'écarte tandis qu'elle sort furieuse en claquant la porte laissant mon père seul dans la pièce. Elle pivote, nos regards se croisent.

- Quoi ? Toi aussi tu veux m'obliger à rester dans ce trou ?

Des larmes de rage perlent aux coins de ses yeux.

- Non. Je peux t'aider à sortir si c'est ce que tu veux.

- Vraiment ? C'est pas encore un de tes pièges à la con ?

En l'aidant à s'enfuir, j'ai l'impression de me débarrasser du problème. Que nos vies retrouveront leur calme initial. Et c'est ce que je veux finalement. Je ne comprends d'ailleurs pas pourquoi mon père souhaite qu'elle reste.

- Et ton père ? Renchérit-elle

- Je vais t'escorter, comme ça tu seras en sécurité. On s'enfuit tous les deux, je te dépose au secteur 4, et je n'aurai qu'à rentrer après.

Elle me regarde, indécise. Je la tire par la main.

- Allez, suis-moi !

Nous cavalons à travers les couloirs obscurs du souterrain, et je ne lâche pas sa main. Il faut que je l'aide à s'enfuir, c'est la meilleure chose à faire pour nous tous, j'en suis convaincu. De toute façon, c'est trop tard à présent pour revenir en arrière. Elle rit, c'est la première fois que je l'entends rire sans que ce ne soit sarcastique, et c'est mélodieux, pur. Comme un rire d'enfant. Elle me fait un peu penser à Ariane. En plus… différente, plus imprévisible, plus audacieuse sans doute.

Arrivés dans ma chambre, je la fais asseoir sur le lit et fouille dans une grande malle en cuir, qui repose dans un des coins de la pièce.

- Voilà… Une carte de la région !

Le papier est rêche et usé, je l'ai déniché dans un des guichets de la gare au-dessus de nos têtes. Il émet un joli frottement à mesure que je le déploie. Un plan du coin, et des secteurs alentours, un mètre vingt sur un mètre vingt.

- Si l'on suit la légende sur la carte, le secteur 4 n'est qu'à... une soixantaine de kilomètres. À vol d'oiseau.

- Si peu ?

- Ça représente quand même presque seize heures de marche ! Deux nuits sans pauses, trois s'il y a un imprévu.

À l'aide d'un feutre, je trace l'itinéraire. En apparence rien d'insurmontable. Cela m'est déjà arrivé de quitter la gare plusieurs jours, pour chasser en général. Le tout c'est d'agir la nuit, afin d'éviter les purificateurs, et d'être discret tant que le soleil est levé. J'affiche mon œuvre sur le mur le plus proche, et réfléchis un instant. Le plus difficile sera de quitter le sous-sol sans se faire repérer. Il y a toujours du monde près des issues, de jour comme de nuit. L'idéal serait de détourner leur attention. Mais comment faire ? Déclencher un incendie ? Un dysfonctionnement des générateurs électriques ? Toutes les solutions qui me viennent pourraient mettre la communauté en danger. Toutes sauf une...

- Marigold !

Victoire relève la tête vers moi, sans comprendre.

- De quoi tu parles ?

- Nous ne pourrons pas quitter le souterrain comme ça. Il nous faudra attendre un moment opportun.

- Quel rapport avec cette Marigold ?

- C'est l'une des habitantes du sous-sol de la gare, et elle devrait accoucher dans la semaine. C'est la première grossesse depuis la naissance d'Ariane alors…

Un sourire, elle saisit enfin et termine ma phrase.

- … Tous se précipiteront pour admirer le bébé…

- … et la voie sera libre.

J'acquiesce, le pacte est scellé. Aucune marche arrière n'est possible, désormais.

Quelques heures après, je rentre en salle commune. C'est l'heure du dîner, tous sont déjà attablés autour du repas : viande de cerf et pommes de terre. Comme trois repas sur cinq en réalité, nos ressources dépendent de ma chasse du jour et du succès de nos récoltes. Je m'assois dans un coin de la longue table de bois, à côté d'Ariane.

- Victoire n'est pas avec toi ? Je lui demande.

Elle secoue la tête avant de répondre :

- Je lui ai prêté quelques fringues et elle est partie prendre sa douche. Elle en avait bien besoin, d'ailleurs elle ne devrait pas tarder.

J'attrape le plat de pommes de terre qu'elle me tend et me sers. J'ai l'impression que ça fait un moment que je n'ai pas eu un vrai repas tant la situation m'éreinte. Je somnole un instant bercé par le brouhaha ambiant. Les conversations et leurs échos s'entrechoquent à travers la pièce, et je ne pense à rien d'autre qu'à ces foutues pommes de terre dont je remplis mon corps affaibli. À ces foutues pommes de terre et à cette fille. Ne vaudrait-il pas mieux qu'elle reste, finalement ? Ne suis-je pas moi-même en train de lui tendre un piège, à vouloir l'évincer seulement parce qu'une révolte m'effraie ? Je me sens un peu confus à l'idée de la conforter dans sa fuite, de l'aider à aller jusqu'au bout…

Paradoxalement, c'est le silence qui me tire de ma rêverie. Je lève les yeux ; elle est là. Jean bleu, t-shirt blanc, de petites gouttelettes d'eau perlent sur sa chevelure qu'elle n'a visiblement pas pris la peine de sécher.

- Que se passe-t-il ? demande Henri, qui semble n'avoir visiblement pas saisi ce qu'une trentaine d'aveugles avait pu voir bien avant moi.

- Victoire est là.

Des applaudissements résonnent des quatre coins de la pièce et l'enveloppent. Elle me regarde, incrédule, avec un demi-sourire mi-gêné -mi-amusé. Ses yeux noirs balaient l'assemblée rapidement, digne. Je comprends soudain pourquoi mon père voulait qu'elle mène la révolte, je comprends ce qu'elle représente pour eux : même sans la voir, son aura éblouit l'assemblée.

- Éclatante, invisible… je murmure, pour moi-même, tandis que mon père s'avance, se distinguant de la foule.

Victoire se raidit, elle ne semble toujours pas à l'aise en présence de mon paternel. Il faut dire que Nostram est un des membres qui porte le plus de séquelles visibles du virus. Les cicatrices, le regard aussi clair que de l'eau, rien qu'elle n'ait été habituée à voir par le passé en vérité.

- Mes chers amis, vous n'êtes pas sans savoir que Thomas n'est pas rentré seul de sa chasse, hier. Nous avons en effet le privilège d'accueillir Victoire, la fille d'Adam White, au sein de notre communauté. J'ai donc l'honneur de vous présenter le nouveau visage de la révolution !

Sifflements, cris de joie, les bruits fusent dans le réfectoire. La principale intéressée rougit, gênée d'être le centre de l'attention une fois de plus. Je pâlis, honteux de démolir les rêves de mon père.

Après quelques embrassades, et autres poignées de mains, elle finit par venir s'asseoir à notre table. Ariane remplit son assiette comme si elle souffrait de malnutrition, elle n'y touche pas et reste silencieuse.

- Tout va bien ?

- Oui… J'ai juste hâte de rentrer chez moi.

- J'imagine.

Elle plante ses grands yeux sombres dans les miens, sévère.

- Non.

Et une fois de plus, elle a raison. Je ne peux pas imaginer ce que c'est cinq, six ans d'absence. L'isolement. Et oublier les visages, le son des voix. Je n'ai jamais vécu les au revoir, le confinement des centres de purification. Les néons, et ces brises artificielles dont l'air n'est jamais vraiment pur. Alors une fois de plus, je m'excuse. Elle hausse les épaules, l'air de dire que rien ne changera de toute manière. Je me promets de tout mettre en œuvre pour l'aider, en dédommagement.

Autour de nous, tout le monde est gai. Les discussions vont bon train, les rires pleuvent. L'annonce de mon père semble avoir réjoui l'assemblée. C'est de cela dont ils avaient tous besoin en réalité, d'un peu de légèreté, d'espoir, d'entretenir leur désir de vengeance envers ceux qui leur ont tout prit. L'honneur, la force, et surtout ce désir de... Victoire.

Je la dévisage alors qu'elle parle avec ma sœur. Ses yeux noirs, ses lèvres charnues, cet air digne que je croyais hautain dans les premiers instants, ses mains délicates et écorchées. Le nouveau visage de la révolution. J'espère seulement qu'ils ne m'en voudront pas d'avoir amputé leur projet de liberté.

- Tu n'es pas bavard, Thomas.

- Je suis désolé, j'étais perdu dans mes pensées.

Ariane sourit, moqueuse. Elle a attaché sa longue chevelure blonde en queue de cheval, bien haute sur son crâne, et dès qu'elle bouge la tête la masse de cheveux dorés se déplace d'un côté ou de l'autre de son visage sans que cela ne semble la déranger. On dirait un palmier planté là au sommet de son cuir chevelu, et dont les feuilles danseraient sous le vent.

- Et à quoi pensait mon frère préféré ?

- Je me demandais... Marigold n'aurait pas dû accoucher il y a six mois déjà ?

- Ha-ha-ha. Très drôle frérot. Le petit doit naître dans la semaine, c'est Maman qui l'aidera le moment venu.

- J'espère qu'il ne braillera pas trop, qu'on puisse dormir tranquille.

Elle éclate de rire.

- Ne compte pas là-dessus. D'après Maman on a mis neuf mois à faire nos nuits.

- Et d'après Papa ?

- Papa ronflait tellement fort qu'il ne nous entendait pas pleurer. Un vrai mec !

Nous quittons la table, rassasiés, et décidons d'aller discuter dans la chambre d'Ariane avant d'aller dormir. La pièce est plus vaste que la mienne et, contrairement à moi, ma sœur a pris le soin de décorer l'espace avec de la peinture, des tentures, un tas d'objets hétéroclites que j'ai ramené de mes expéditions ou qu'on a trouvé dans le hall de la gare.

Bercé par leurs bavardages, je griffonne dans le coin d'une feuille trouvée là la liste des choses que j'estime nécessaires à mon excursion. Méthodique, j'aligne un à un les éléments dont notre survie pourrait dépendre : torche, briquet, rations de survie, une boussole… L'eau sera un problème, mais les sources ne manquent pas par ici, il suffit juste de savoir où chercher.

- Tu repars déjà en chasse ?

Ariane est penchée par-dessus mon épaule, je devine qu'elle a lu ma liste.

- Bientôt oui, je vais partir plusieurs jours.

- Je pourrais t'accompagner ?

- Tu sais bien que ce n'est pas possible.

Elle lève les yeux au ciel et se laisse tomber sur le lit, théâtrale. Victoire sourit, ça me fait plaisir qu'elle quitte enfin son air trop sérieux.

- S'il te plaît ! Je serai sage ! Les autres peuvent se débrouiller seuls quelques jours…

- Ariane, n'insiste pas. Quand je suis absent, tu es la seule paire d'yeux en actif, en cas d'incident…

- Mais il n'y a jamais eu d'incident ! Laisse-moi t'accompagner, rien qu'une fois, s'il te plaît !

Je soupire, et m'enfonce un peu plus dans le fauteuil que j'occupe. C'est toujours la même chose avec ma sœur, toujours en train d'insister pour partir à l'aventure. Mais je ne peux que comprendre son désir d'ailleurs ; voilà des semaines qu'elle n'a pas vu le monde extérieur, et rester là au milieu des infectés la rend folle.

Un jour, je la prendrais avec moi, mais pas cette fois. Je ne veux pas la mêler aux problèmes qu'encourt notre invitée, nous risquerions trop gros.

- La prochaine fois, je te promets.
- Tu m'en fais le serment ?
- De chair et de sang.

Nostram

Je me souviens encore des premières émeutes. Du sentiment qu'on avait, que tout était possible, que rien de grave ne pourrait arriver. Que le monde meilleur était enfin accessible. Nous avions du pouvoir, nous étions soudés. Plus qu'il n'aurait fallu. Plus qu'ils n'auraient voulu.

En quelques semaines à peine, le soulèvement est devenu national. Les routes étaient barrées, les pavés arrachés, les postes de police incendiés. Le gouvernement a battu en retraite. Je me rappelle de ce soir-là, la fête que nous avions donné dans un des lieux de rassemblement citoyen. Sanja rayonnait, encore plus que d'habitude. Ses yeux translucides débordaient de joie, d'espoir. Notre première victoire. Victoire…

Elle a la voix de sa mère, et l'aplomb de son père. C'est étonnant de constater que je n'ai pas oublié leurs voix ni leurs visages à vrai dire. En réalité, il m'arrive parfois de revoir Adam et Sybile White en songe. On oublie rarement ses frères et sœurs d'arme, même si on y pense peut-être moins souvent. D'ailleurs, je n'ai jamais parlé d'eux aux enfants, je les pensais disparus. Inutile d'ajouter du tragique au tragique.

Et pourtant, elle est bien là. Avec cette aura propre aux White. Victoire.

Les souvenirs réapparaissent dans le désordre. Des bons comme des moins bons. Certains, bien trop douloureux, m'ont causé bien des cicatrices. Mais tout est là, dans mon esprit comme gravé dans le marbre. Je visualise, mentalement, tout ce que nous avons bâti. Tout ce que nous avons battu.

Il y a d'abord eu le calme, ce calme étrange qui précède tempêtes et naufrages. Celui dont on ne se méfie pas. Puis l'horreur s'est immiscée peu à peu dans nos vies. Le gouvernement provisoire parlait d'une nouvelle forme de grippe, encore inconnue. Trop résistante. Ceux qui ne mourraient pas développaient une sensibilité anormale au soleil. Peau et rétines étaient brûlées ; ils perdaient la vue et, bien souvent, la raison. Les derniers survivants étaient automatiquement abattus, pour éviter toute contamination.

Quand Adam a commencé à enquêter, nous avons commencé à ressentir des pressions. Nos logements ont été perquisitionnés, nos lignes téléphoniques mises sous écoute. Mais lui et Sybile ne lâchaient pas, malgré les craintes de Sanja.

Jusqu'à cette nuit-là.

Je me suis réveillé, le lit était froid. Sanja était levée, près de la fenêtre. Bien qu'elle ne puisse pas le voir, elle semblait admirer le ciel étoilé. La lune baignait son joli visage de lumière.

- Tu n'arrives pas à dormir ?

- Il y a du bruit, dehors.

Je l'ai rejoint, et me suis accoudé à la fenêtre, prêt à la rassurer. Mais ils étaient là. Dix ou quinze personnes, peut-être même vingt, c'est difficile à dire. Tout est allé très vite. Une série de flashs lumineux, le battement aigu d'une fusée qui explose. Le gaz. Quand j'ai repris connaissance, tout n'était que ruine. Sanja gisait dans mes bras, faible. Je l'ai laissée là, et j'ai couru à l'extérieur.

- Aidez-moi ! Ma... ma femme...

En quelques minutes, mon corps était couvert de cloques, de brûlures. Ma vision avait perdu de moitié. Condamné.

Alors nous sommes partis, à travers les bois, le visage et les membres couverts de linges. D'autres nous ont rejoints, bien souvent des camarades de la révolution. Et à mesure que nous marchions, notre champ visuel diminuait, heurté par les rayons du soleil.

Après plusieurs jours d'errance, nous avons découvert la gare, puis son souterrain.

Quelques mois plus tard, nous sombrions tous dans l'obscurité.

Nous l'avons appelé syndrome de Tirésias . Je trouvais ça juste que ce soit à nous de nommer notre mal.

C'est grâce à Sanja que nous avons survécu. Elle a porté notre communauté de tout son poids sur ses frêles épaules, nous a appris à marcher sans trébucher, nous repérer, lire le braille… Et ensemble, péniblement, nous avons commencé à cultiver la terre, pour survivre.

Thomas arriva rapidement, il fut notre premier miracle. Suivi d'Ariane. En plus d'être porteurs d'espoir, ils ont offert leurs yeux à toute la communauté. Grâce à eux, nos récoltes sont florissantes, nous avons désormais de la viande au menu et une infirmerie fonctionnelle. J'ai parfois un peu honte de dépendre ainsi de mes enfants, mais je ne peux m'empêcher d'éprouver un vif sentiment de dignité, de joie et de satisfaction quant aux personnes bienveillantes qu'ils deviennent. Du chemin qu'ils empruntent.

Je soupire et me tourne pour la énième fois dans mon lit. Comme le temps passe vite, quand on y pense. Seize ans, déjà. Et tout ce que nous avons construit me semble aujourd'hui immensément grand : toute cette communauté, dans l'ombre. Ces murs, cette nourriture, ces enfants, qui nous appartiennent. Et maintenant Victoire. Son apparition soudaine fait naître en moi l'idée que nous allons y arriver. Rentrer chez nous, quitter cette vie. Je veux y croire. Je veux continuer à lutter. Sanja remue à côté de moi, à sa respiration j'entends qu'elle ne dort pas.

- Il faut que tu arrêtes de penser sans arrêt et que tu te reposes, Nostram. Tu en as besoin.

- Je sais… Mais je ne peux pas m'empêcher d'y songer. Adam, Sybile, notre quartier, j'avais enfoui tout cela tellement loin dans mon esprit qu'il m'est difficile de les imaginer toujours en vie. Et puis il y a Victoire…

- Tu penses qu'elle puisse mener à bien une révolution ?

Je souris, malgré moi.

- C'est une White.

Thomas

Un flash de lumière vient brûler mes rétines. Autour de moi, tout semble agité. Je peine à ouvrir mes paupières, que les heures de sommeil et la fatigue ont collées.

- Thomas ?

Une main douce caresse ma joue lentement.

- Mon trésor, réveille-toi.

- Maman ?

J'écarte violemment les draps et saute hors du lit.

- Qu'est-ce qui se passe ? Il y a un problème ?

Je marque une courte pause avant de reprendre :

- Où est Victoire ?

Ma mère rit. Elle porte une robe de chambre bleu ciel, ses cheveux sont attachés négligemment. Je devine qu'elle aussi a été tirée du lit.

- Thomas… Quand arrêteras-tu d'être sans cesse sur la défensive ? Nous ne sommes pas attaqués, Victoire va très bien. C'est simplement Marigold… le bébé arrive.

Cela fait six jours que nous avons préparé notre plan d'évasion, et voilà le facteur principal enclenché. Marigold va enfin accoucher.

La machine est lancée et même si je n'ai pas à douter, la peur me dévore le ventre. Il y a trop de choses en jeu pour que je puisse me permettre la moindre erreur et en plus de ça, je vais tous les décevoir. En leur sauvant la vie, en leur évitant une nouvelle guerre.

Je cours à travers les couloirs du souterrain. L'ambiance est électrique, je n'entends plus que le bourdonnement des néons rythmé par les pulsations dans mes tempes. Je dois rejoindre Victoire.

Les cabines se ressemblent toutes, les murs sont tous les mêmes, pourtant je cavale, à gauche, à droite, si vite que le paysage devient flou. Quand soudain, elle me fait face. J'arrête ma course, surpris de constater qu'elle porte son sac à l'épaule et semble déjà prête à partir. Je dois avoir l'air étonné, car elle dit simplement :

- Une intuition. C'est soir de pleine lune.

Je hausse les épaules et récupère mon équipement que j'avais caché dans un des recoins de sa chambre. Le couloir menant à la sortie est désert, comme je pouvais m'y attendre ; nous arrivons bientôt dans la grande salle, puis dans le sas qui conduit à l'échelle. Les barreaux de fer sont glacés.

- Prête ?

- Prête

Je me hisse, barreau après barreau, centimètre après centimètre, tout en songeant à la tranquillité dont je jouissais avant de la croiser dans les bois. Je ne m'imaginais pas m'enfuir pour éviter le possible chaos d'une révolution. Tout est tellement éphémère.

Très vite, mon crâne bute contre la trappe. Je la pousse à l'aveugle.

Le vent est froid. Les étoiles et la lune, plus brillante qu'un soleil, mènent un contraste ahurissant avec ce ciel, si noir qu'il a probablement tué toutes les ombres.

J'attrape sa main, la hisse à l'extérieur. Ensemble, nous restons figés un instant, le temps d'un souffle, avant de chacun faire un pas. Le premier de notre cavale. Un pas pour avancer, pour approcher l'éternité. Parce que pour la première fois sans doute nous sommes les seuls concernés, les seuls décisionnaires.

Et malgré la méfiance, et l'étrange agacement qu'elle me fait éprouver, je ne lâche pas sa main. Pour la première fois, j'ai la sensation de faire quelque chose qui compte.

Victoire

Nous avons marché cinq heures avant que le jour ne finisse par se lever. Là, Thomas a hissé nos affaires au sommet d'un arbre, puis nous avons escaladé de branche en branche. Je n'avais jamais songé à me cacher si près du ciel. La vue y est vertigineuse, et les feuillages épais masquent toute forme humaine depuis le sol. Je commence à me dire qu'ils ne m'auront pas, en fin de compte. Que ma fuite n'est pas vouée à l'échec.

Un bel oiseau vient se poser à l'extrémité de la branche qui me supporte. Il m'observe un instant avant de reprendre son envol. Ces quelques jours confinée avec les Yeux Crevés m'avaient presque fait oublier à quel point la forêt était riche par sa beauté, et bien que cette pause dans le souterrain fût reposante, je suis soulagée d'avoir retrouvé un peu de verdure. Quand j'y pense, j'ai quand même un peu honte de les avoir laissé tomber. Et d'avoir embarqué Thomas dans ma fuite. Les motivations de Nostram étaient justes, mais je n'ai qu'un seul objectif : rentrer chez moi. Et je ne crois pas être capable de mener une révolution à moi toute seule, j'en suis même sûre.

Je tourne la tête, Thomas semble endormi. Il a retrouvé son air angélique. J'ai confiance en lui, même s'il a l'air de me considérer comme un problème à éliminer. À juste titre sans doute.

Dans deux jours et demi, si tout se passe bien, je serai chez moi. J'essaie de m'imaginer enfin à la maison. La couleur des murs m'a échappée, les fleurs du jardin se sont perdues au fil du temps, mais je n'ai pas oublié ce sentiment merveilleux qu'est se sentir chez soi. À la maison, en sécurité. Avec les siens.

J'envie Thomas et Ariane d'avoir grandi dans cette grande famille, malgré les circonstances. On peut faire face à n'importe quoi quand on est entouré d'amour. Mes parents me manquent terriblement, plus encore à chaque mètre parcouru, car pour une fois c'est palpable, c'est réel : je vais rentrer chez moi.

- Tu es impatiente ?

Thomas a entrouvert ses yeux noisette et fixe le ciel au-dessus de nos têtes.

- De rentrer ? Trop impatiente.
- Ça fait longtemps que tu es partie ?
- Environ sept ans.

Les rayons du soleil percent à travers les feuilles et découpent comme une dentelle de lumière sur sa peau. C'est joli.

- C'était comment la vie au centre ?

- Long. Trop long. Et terriblement artificiel.

- C'est vrai que même le soleil est simulé ?

- Ouais, j'ai grandi sous les projecteurs !

Il sourit et referme les yeux, profitant de la lumière chaude du jour. C'est rare les instants comme ceux-là, suspendus. Je ferme les yeux à mon tour, et lézarde quelques minutes. J'essaie de faire le vide dans ma tête, de chasser l'angoisse. Mais elle ne me quittera pas, jamais. C'est ainsi.

Je me redresse un peu, et tends le bras pour atteindre mon sac à dos. Je fais glisser le zip de la poche avant ; et en tire mon couteau.

La lame glisse sur le tronc de l'arbre, la sève coule sur l'écorce. Je plisse les paupières, trop concentrée par ce que je suis en train de faire.

- Thomas ?

- Hmmm ?

- C'est quoi, ton nom de famille ?

Il soupire, désabusé.

- T'en as d'autres des questions idiotes comme celle-là ?

- S'il te plaît.

- Kanço. Thomas Kanço.

Il referme les yeux et reprend sa somnolence au soleil de fin de matinée. Pendant ce temps, écorchant un peu plus l'arbre, j'abîme mes mains en courbes et en arabesques. Il fait chaud, mon front dégouline de sueur. Le soleil tape anormalement fort, pour un début de printemps. Ou peut-être que je me suis habituée à la fraîcheur presque agréable du souterrain. C'est sûrement cela.

On ne peut que s'accoutumer au bonheur et à la sécurité. Vivre avec les anciens membres des Cendres, c'était ça. Le bonheur d'une communauté unie, la sécurité d'une famille. Je retiens mon souffle... Une famille. Plus que deux jours et quelques heures. Deux petites nuits à marcher, à cavaler à travers la forêt, et j'y aurai enfin droit pour de vrai au bonheur et à la sécurité.

La lame claque alors que je referme le couteau en acier obscur, faisant sursauter Thomas. Je ris, et range l'instrument dans la poche avant de mon sac.

- Fais voir.

Il glisse vers moi, passe sa main sur la gravure fraîche pour retirer les derniers morceaux d'écorce superflus puis lis :

- « *Victoire White et Thomas Kanço étaient ici* », pour qui tu écris ça ?

- Pour moi, pour les oiseaux, pour ceux qui passeront un jour.

- T'es vraiment une drôle de fille.

Je décide de prendre sa remarque comme un compliment, pas vraiment désireuse d'entamer un débat houleux. Je ferme les yeux, décontracte chaque partie de mon corps trop meurtri par les nuits de marche ininterrompue. La lumière passe à travers mes yeux clos, je savoure cet instant trop précieux. Trop pur.

Lentement, la journée passe. On parle de tout, de rien, de souvenirs d'enfance, d'anecdotes anecdotiques. On se raconte quelques vieilles histoires drôles, pas les meilleures. Malgré la réserve qu'il s'impose, Thomas se confie un peu à moi. Quand il me parle de ses premières chasses hors du camp, je devine sa solitude et sa détermination à aider les siens ; quand il raconte comment il a appris à lire à Ariane, j'y vois sans qu'il ne le mentionne tout l'amour qu'il lui porte et comment il prend son rôle d'aîné à cœur. Je suis souvent d'avis que l'on dévoile plus de soi par ce que l'on choisit de dissimuler, alors quand il prend le parti de censurer son histoire, pour moi c'est comme s'il me parlait à cœur ouvert.

Le soleil progresse dans le ciel bleu, on mange un peu, on dort beaucoup. C'est dingue ce qu'on peut dormir. Lara Croft, elle ne dort jamais elle. Mais c'est le souci des cavales de nos jours, courir la nuit, attendre que la journée passe. Une fuite intermittente en quelque sorte.

Et puis la nuit finit par tomber.

- Nous allons devoir traverser Sombor ce soir.

- Sombor ?

- C'était une grande ville, à l'époque. Totalement, déserte aujourd'hui. Je l'ai découverte il y a deux ans, quand j'ai commencé à partir chasser plus loin. Mais je ne m'y suis pas égaré, par peur de ce que je pourrai y trouver.

- On ne peut pas la contourner ?

J'essaie avec difficulté de dissimuler mon angoisse, mais il s'en rend compte et sourit.

- On perdrait un temps précieux. Ne t'inquiète pas, c'est l'affaire d'une petite heure. Et puis, il faut qu'on trouve de l'eau.

Nous laissons derrière nous notre arbre, et quittons pas à pas la forêt.

Les arbres se déciment, s'écartent peu à peu les uns des autres, laissant place à une grande étendue d'herbes folles, sèches, stériles. L'air est pollué, brumeux, et chaque pas que nous faisons soulève d'épais nuages de poussière. Les branches larges et fournies ont cessé de nous protéger et le soleil tape beaucoup trop fort. Je tire ma flasque de mon sac, nos réserves en eau sont insuffisantes.

J'humidifie mes lèvres et la range, me disant que j'en aurai sans doute plus besoin plus tard.

Thomas reste silencieux, aux aguets. Je comprends qu'il est en terrain quasi inconnu, et redouble de prudence. Je le suis, à tâtons, à travers la plaine nébuleuse. La chaleur est écrasante, j'ôte mon sweat-shirt et l'attache autour de ma taille. J'ai du mal à respirer. Mon camarade, lui, trace à travers la garrigue désertique sans problème. J'emboîte ses pas, du mieux que je peux. Haletante, ruisselante de sueur.

Soudain, il s'arrête, fixe l'horizon à travers les nuages poudreux. L'image est belle, il n'y a que lui, comme défiant le néant, face à cet écran de fumée toxique. Le regard au loin, les cheveux emmêlés, collés par la sueur. Et cet air déterminé que je n'avais vu que dans les yeux de mon père. Ce regard mi-inquiet mi-fier, où brûle le feu de la jeunesse, la fougue, l'inconscience, et le désir de mourir pour la première des causes qui semblerait en valoir la peine par pure fatalité. Pour la satisfaction d'un travail bien fait. J'essaie d'en faire une photographie mentale. Si je ne rentre jamais à la maison, j'aurai au moins cette image. J'aurai au moins Thomas.

- Un problème ? je demande après quelques secondes

- Regarde.

Il fait un signe de la tête, droit devant lui. Je m'avance à sa hauteur, et regarde dans la direction indiquée. Peu à peu, je parviens à distinguer des formes au loin. Des formes qui ne sont pas des arbres ni des montagnes. Saillantes, aiguës, elles scient le paysage désertique de façon presque abrupte.

Une légère brise se lève, éclaircissant un peu l'air opaque. J'accroche l'horizon.

- Sombor…

- La ville oubliée.

Des immeubles, des routes, des cadavres de voiture. La bourgade a totalement été laissée à l'abandon lors de la sectorisation. C'est effrayant, même de loin, cette ville fantôme, abandonnée. Effrayant de savoir qu'on peut construire des gratte-ciel, et en balayer l'existence du jour au lendemain. L'être humain me surprend de jour en jour.

Nous marchons une grosse demi-heure avant de gagner la route. Sombor et ses bâtiments vides nous font front. L'atmosphère est particulière, comme en suspens. Comme si l'horloge avait cessé de tourner, mais s'apprêtait doucement à repartir au moment le plus inattendu encore. Comme si le trou noir était prêt à se refermer sur nous, subitement.

Nos semelles pleines de poussières et de terres crissent à chaque pas sur le goudron brûlant, produisant un léger écho, pareil à un bourdonnement. Plus que quelques mètres, et nous entrerons dans cette espèce de cimetière, dans ces catacombes ostensibles.

La chaleur est toujours aussi accablante, malgré la nuit bien avancée, cette fois je m'offre le luxe de boire quelques gorgées d'eau que j'estime bien méritées. C'est un des principaux problèmes depuis ces dernières décennies ; le climat. L'air est tantôt glacé, tantôt aride et chargé en poussière parfois du jour au lendemain sans que l'on puisse prévoir quoi que ce soit. Dans certaines régions, l'usage de masque est parfois même nécessaire.

Thomas s'assoit un instant au sol, pour reprendre son souffle, et jette un coup d'œil à sa montre.

- Normalement, d'ici une heure nous devrions être de l'autre côté.

- Pourquoi "normalement" ?

- On ne sait jamais sur quoi on peut tomber...

Je frissonne, anxieuse.

- Mais nous avons semé les purificateurs, tu ne crois pas ?

- Je ne faisais pas allusion à l'Azur. Mes excursions hors du sous-terrain m'ont appris que les sources de danger étaient parfois multiples.

Je ne réponds pas, probablement parce que je n'ai rien à répondre à cela. Après un court moment, il se relève. Je lis sur son visage toute la fatigue accumulée. Pour moi, pour me ramener à la maison. J'esquisse un sourire, en guise de merci. Il sourit à son tour, puis se tourne vers la route en silence avant de reprendre la marche.

La lune est pleine et éclaire loin devant nous. L'air, encore lourd de poussière, teinte l'astre et ses étoiles d'un joli orange presque crépusculaire. La route rétrécit peu à peu avant de se border de trottoirs. Les immeubles, encore éloignés il y a quelques minutes, sont désormais à notre hauteur. Tout est silencieux, calme. Trop calme peut-être. Thomas ralentit le pas et observe les alentours.

- Le centre-ville est par là, il y a sans doute une épicerie ou un bar où l'on pourrait trouver de l'eau. On va marcher tout droit, sans faire de bruit. On trouve l'établissement, on prend ce qu'on a à prendre, et on sort d'ici.

- Tu n'as pas l'air serein.

- C'est juste... Cette ville, comme ça, laissée en plan... L'atmosphère est trop bizarre. C'est trop macabre.

La rue que nous empruntons est encombrée par une file de voitures à l'arrêt. Nous nous faufilons tant bien que mal entre elles. Certaines ont encore les quatre portières ouvertes, et les valises éventrées sur les sièges arrière. J'observe sans rien dire, en suivant Thomas de prêt. Il a l'air terriblement angoissé, je le comprends un peu. C'est dérangeant ce vide.

Au hasard, il tourne à gauche, puis à droite. Les ruelles sont étroites et encombrées d'objets hétéroclites : des vêtements, des pièces de monnaie, des livres, des boules à neige... Enfin, nous débouchons sur une place.

Petite, couverte de pavés et bordée de jolis platanes. Les tables et chaises des terrasses des cafés sont toujours là, figées comme si toute temporalité avait cessé d'exister. Seules les racines des arbres traversant le bitume de part en part marquent le temps. La nature a repris ses droits, comme toujours.

Nous longeons un des bords de la place, et entrons dans le premier bar que nous rencontrons. Nos pas se dessinent sur le carrelage poussiéreux.

- Il doit probablement y avoir des bouteilles derrière le comptoir. Suis-moi.

Thomas s'enfonce dans le bar, je lui emboîte le pas timidement.

- Qu'est-ce que je vous sers, mademoiselle ? plaisante-t-il

Je pouffe, détendue.

- Votre meilleur champagne je vous prie mon bon monsieur.

Il rit, et sort une bouteille couverte de poussière et remplie d'un liquide rouge épais.

- Sirop de fraise. Il n'y a que ça.

- Que ça ?

- Le bar a dû être pillé. J'aurai dû m'en douter.

- Donc il n'y a pas d'eau ?

Il secoue la tête, à la négative. Je soupire et vais m'appuyer sur une fenêtre pendant que Thomas continue de fouiller en vain. L'atmosphère est étouffante. Dehors, la nuit est calme. La lune, pleine, éclaire la ville fantôme comme en plein jour. Les immeubles,

les échoppes, et même le grand hôtel un peu plus loin, tout resplendit. Que d'espace laissé vide, à l'abandon.

Nous sortons, toujours à la recherche d'eau, et aussi d'air pur.

- Je suppose que tous les autres cafés ont connu le même sort. On pourrait se passer d'eau, non ?

Il marque une pause. Encore. Réfléchissant sans doute à la marche à suivre. Quel poids je fais. Le pauvre pensait sans doute s'en tirer en trois jours, quatre maximum, puis rentrer chez lui sans histoire. Je n'aurai jamais dû l'embarquer là-dedans. Il soupire.

- Il nous reste encore une grosse journée, si tout va bien et que nous sommes efficaces, avant d'arriver au secteur 4. Sans compter le retour jusqu'au sous-terrain... Entre la chaleur et la poussière, nous aurons besoin d'eau.

Tandis qu'il parle, nous reprenons la route machinalement. C'est joli, une ville endormie, quoiqu'un peu troublant. Comme dans la Belle au bois dormant, quand le prince traverse la forêt de ronces, dans le château endormi depuis cent ans. Je ris intérieurement en imaginant Thomas à cheval en collants, en bon prince charmant.

Je continue à divaguer quelques minutes, sans plus prêter attention au chemin que nous prenons. Je pense aux histoires que me contait ma mère, celles où porter de belles robes et avoir des enfants par portées de dix était synonyme du bonheur éternel. Trop corsetées et loin, très loin, de Lara Croft, et de mon désir de liberté, d'indépendance, et de révolution. Je ne rêve pas de convenances et de talons hauts, simplement d'air pur.

Perdue dans mes pensées stériles, je ne remarque pas Thomas s'arrêter brusquement, je sens seulement sa main serrer vivement mon poignet. Un peu trop fort, d'ailleurs. Je sursaute, retiens un cri de surprise trop sourd. Là, debout face à nous, se tient une forme obscure. Une forme humaine.

Je me tiens immobile, comme devant un animal sauvage. Thomas maintient la pression sur mon avant-bras, je sens ses pulsations accélérer au bout de ses doigts. La silhouette marque un temps d'arrêt avant de faire un pas vers nous. Je ne sais plus vraiment qui apprivoise l'autre.

La fraîcheur de la nuit est enfin tombée, je le remarque en voyant son souffle se matérialiser en une buée dense. Nous ne bougeons pas, collés l'un à l'autre, pour faire bloc. Tout va très vite et très lentement à la fois. Un pas de plus. La voilà éclairée par la lune.

C'est une femme. Une de ces femmes sans âge, dont on ne sait dire si elle est âgée ou trop marquée par la vie. Je pencherai pour la deuxième option, bien souvent la sagesse ride prématurément. Elle ressemble à une de ces bohémiennes qui vous tirent les cartes lors des foires.

Elle n'a ni l'air effrayée ni même étonnée de nous trouver ici. Elle semble simplement heureuse de nous croiser. Comme si la situation n'était ni effrayante ou anormale, mais relevait plus de l'anecdote insolite.

- Vous en avez mis du temps. annonce-t-elle comme si nous avions rendez-vous

Thomas relâche la pression qu'il exerçait sans le vouloir sur mon poignet, et s'avance un peu.

- Vous… Vous nous attendiez ? il bredouille

- Si je vous attendais ? Je vous ai vu arriver du haut de la colline, il faisait encore jour !

Il me regarde, incrédule. Elle nous observait depuis tout ce temps ? Il lève les mains en signe pacifique.

- Nous avons beaucoup marché, nous étions seulement à la recherche un peu d'eau.

La bohémienne sourit, l'air pensif. Plus je l'observe et plus elle m'effraie. Elle a quelque chose de brisé dans le regard, comme s'il lui était impossible de mettre une frontière entre le bien et le mal. L'éclair d'une folie malsaine. On dirait un zombie, resté là à errer sous les décombres de cette ville à l'abandon.

- Ce n'est pas ici que vous en trouverez ! Les réserves sont toutes épuisées depuis bien longtemps.

- C'est dommage. Et bien, nous allons reprendre notre route alors. reprend Thomas calmement, semblant aussi dérangé que moi par la femme

J'acquiesce toujours muette, mais la bohémienne rétorque presque immédiatement, en nous tirant tous les deux par la main, dans une hospitalité dérangeante.

- Mais ne partez pas ! Venez chez moi, j'ai de l'eau. Des litres d'eau ! Je vous en donnerai, et à manger aussi !

Nous tentons de résister, mais elle cavale déjà à travers les rues. Thomas hausse les épaules, et lui emboîte le pas. Je peux lire sur son visage : Au point où on en est .

Un dédale de rues pavées plus tard, nous voilà au pied d'un immeuble gigantesque. Je le reconnais, c'est le grand hôtel que j'avais observé depuis la fenêtre du café. La gitane pousse la grande porte en fer forgé, et nous invite à entrer.

- Madame, nous n'allons pas abuser de votre amabilité…

- Appelle-moi Zena, mon garçon.

Elle passe une main dans son dos et le pousse à avancer.

L'hôtel n'est plus ce qu'il était. Les moulures au plafond sont ternies par d'épaisses toiles d'araignées. Sans compter les détritus, çà et là. Seul un imposant lustre, que je devine en cristal, luit au centre de la réception. Il est garni de chandelles qui apportent chaleur et lumière à la pièce. Nous empruntons un auguste escalier en marbre. Zena s'excuse.

- Je n'avais pas prévu ce matin que j'aurai des invités, autrement j'aurai remis le courant. Il faut quelques heures pour tout activer, nous aurions pu prendre l'ascenseur.

- Vous avez encore de l'électricité ? je l'interroge

- Uniquement dans l'hôtel. Pendant la sectorisation, il a été investi par les purificateurs avant d'être laissé à l'abandon. Il est alimenté par la même centrale que celle qui délivre l'électricité dans le secteur 4. Mais j'évite de trop en abuser, pour qu'ils ne repèrent pas des écarts de consommation.

Le secteur 4 n'est donc pas loin. Et pourtant j'ignorais l'existence de cette ville. Sombor nous cache décidément bien des secrets. Je n'oublie d'ailleurs pas les paroles de Thomas à propos des sources de danger multiples à l'extérieur du sous-terrain. Nous devons rester sur nos gardes, rien ne nous indique que malgré son hospitalité débordante Zena la bohémienne est bien intentionnée.

Au troisième étage, nous quittons l'escalier, et nous avançons dans un large couloir. Un porte, puis deux, notre hôte pousse finalement la troisième porte, portant le numéro 13.

- Évidemment murmure Thomas

Pas superstitieuse, j'entre la première. La suite est immense et fastueuse. Zena nous invite à prendre place sur de jolis canapés en velours.

- Du thé ?

Sans attendre une quelconque réponse de notre part, elle fait chauffer l'eau sur un réchaud. De l'eau. Qui coule du robinet. Un luxe bien rare. Elle semble me voir m'attarder sur la bouilloire pleine.

- En provenance directe du lac un peu plus haut, et des réserves d'eau de pluie. Tout est encore raccordé. Une chance non ?

Je hoche la tête. Elle fouille dans un placard pour en extirper des mugs dépareillés, et vient se rasseoir parmi nous en attendant que la bouilloire ne siffle. Thomas se racle la gorge.

- Zena… Dites-moi…

Elle hausse un sourcil.

- Oui ?

- Comment se fait-il que vous soyez encore là ? Comment avez-vous échappé à la sectorisation ?

- Eliel et moi travaillions ici. Nous avions une mansarde dans les combles. Les purificateurs n'ont simplement pas songé à s'y aventurer.

- Qui est Eliel ?

- C'était mon mari.

Silence. La bouilloire pousse un cri terrible. Zena se lève et la retire rapidement du feu.

- Vous êtes restés terrés dans les combles des semaines durant ?

- Deux semaines seulement. Les purificateurs ne sont pas restés longtemps, la ville a rapidement été évacuée.

- Pourquoi ne pas être partis avec les autres ?

- Eliel… Eliel se méfiait de l'Azur. Il avait d'ailleurs rejoint un groupe d'activistes qui conspirait contre le processus de purification.

Thomas se tourne vers moi, je comprends.

- Les Cendres…

Elle poursuit son récit.

- Quand on a vu qu'il ne restait plus personne, nous sommes sortis, et avons emménagé dans cette suite. Nous vivions tout d'abord des réserves présentes dans les magasins et les cafés de la ville, puis il a rapidement fallu chasser, et cultiver la terre.

- Qu'est devenu votre mari ?

- Une forte fièvre l'a emporté il y a bientôt six ans.

- Je suis désolée.

Zena me tend ma tasse fumante. Je savoure chaque gorgée, me brûlant un peu la langue. C'est un thé épicé, un mélange de réglisse et de vanille. Maman m'en faisait souvent, les soirs d'hiver, quand la neige avait tapissé le jardin d'un épais voile immaculé.

- Où allez-vous comme ça ?

- J'escorte Victoire jusqu'au secteur 4. Elle rentre chez elle.

- Vous y serez vite, en prenant les bons chemins et en gardant un bon rythme cela prend à peine cinq ou six heures de marche.

Thomas sort la carte de son sac et l'étale sur la table basse. J'écarte mon mug.

- Les bons chemins ? Montrez-moi.

Alors qu'ils discutent itinéraire, je me lève et m'installe près de la fenêtre. De mon point de vue, je domine toute la ville, et même au-delà. Je promène mon regard à travers les rues au pied de l'hôtel, puis essaie de fixer l'horizon le plus loin possible. En partant du ciel, pour redescendre au point terrestre le plus éloigné. Quelques montagnes, puis une masse noire, probablement une forêt. Une plaine, plus claire. Et puis... Et puis des lumières.

Le secteur 4. Pour la première fois, il est devant moi. Palpable, réel.

- Thomas !

Je le sens, derrière moi.

- C'est là. C'est chez moi.

Pour toute réponse, il prend ma main. Et j'y lis une promesse. On va le faire. Malgré moi, je rougis, me réjouissant de l'absence d'électricité.

- Je vais vous préparer votre chambre.

- Notre chambre ?

- Vous ne comptiez quand même pas repartir tout de suite ? Vous êtes épuisés. Une bonne nuit de sommeil vous fera le plus grand bien.

Je m'apprête à argumenter, mais elle reprend.

- Ce n'est pas négociable. Vous voyagerez demain matin.

- En plein jour ? Et les purificateurs ?

- Il n'y en a jamais dans cette zone-là. Et celui qui vous suit a perdu votre trace quand vous êtes entrés dans ici.

- Celui qui nous suit ?

Zena éclate de rire.

- Vous ne l'avez pas vu ? Je ne sais pas de qui il s'agit, mais vous êtes suivis, et depuis un bon moment, si vous voulez mon avis ! Allez, pas d'histoires, suivez-moi, je vais vous installer. Vous allez voir, dormir dans un bon lit vous fera le plus grand bien.

Nous la suivons, à travers les couloirs.

- Tu crois qu'il s'agit d'un purificateur ? je murmure

- Sans doute, mais pourquoi ne nous a-t-il pas arrêtés ?

- Je ne sais pas…

- Peut-être que Zena est juste folle.

Je pouffe.

- Tu te poses encore la question ?

Il rit à son tour.

- Victoire, Thomas, dépêchez !

Nous cavalons dans le couloir, pour la rattraper. Nos pas sur la moquette sont étouffés et résonnent à peine.

Quelques minutes plus tard, nous sommes enfin seuls dans la chambre. Je me jette sur les couvertures moelleuses. Je voudrais vivre à tout jamais dans ce nid douillet. Thomas fait le tour de la pièce. C'est une chambre sommaire, un cocon douillet. Deux jolies tables de chevet encadrent le grand lit sur lequel je suis affalée. Les murs sont ornés de tapisseries d'apparence luxueuse. Au sol, la moquette est moelleuse, et d'immenses fenêtres sont découpées dans la façade, irradiant, je suppose, tout l'espace de lumière, quand le jour est levé.

Nous restons sans mot dire quelques minutes, un peu déboussolés, entre le confort inhabituel que nous offre la chambre et cette rencontre incongrue et presque malsaine avec Zena la bohémienne, dont la raison a l'air relativement altérée.

- Alors... On va dormir ici ?

Thomas soupire, les sourcils froncés, soucieux. Je crois qu'il se sent aussi pris au piège que moi.

- Je n'arrive pas à me dire que c'est juste une gentille dame, un peu trop solitaire.

- Qu'est-ce qu'elle pourrait être d'autre ? Un purificateur sous couverture ? Un grand prêtre en civil ?

Il rit. Je suis rassurée de le voir sourire un peu.

- Bien sûr que non, mais… Elle a l'air totalement désaxée.

- Tu ne m'apprends rien.

Après un énième tour de la pièce, Thomas finit par venir s'asseoir, à côté de moi. Sans doute a-t-il réalisé qu'après les kilomètres parcourus aujourd'hui, il est judicieux d'enfin se reposer, quelques minutes, même si notre situation ici est incertaine.

- On va dormir ici. Mais seulement quelques heures. Ensuite, on récupère tout ce qu'on peut récupérer, et on se tire.

- Comme ça ? Sans rien dire ?

- On ne sait jamais. J'ai du mal à faire confiance à cette névrosée. On prend ce qu'on a à prendre, et on se casse.

Pour illustrer son propos, et montrer mon accord, je retire mes rangers et mon sweat-shirt avant de me blottir sous les couvertures. Je n'ai pas le temps de le voir m'imiter que je sombre, derrière un épais écran noir hypnotique. Le sommeil prend le dessus, comme bien souvent depuis le début de cette aventure insensée.

Je rêve en vrac, d'étoiles et de planètes inexplorées, de mon père, des Yeux Crevés. De Thomas aussi. Quand une horde de purificateurs m'encerclent, c'est d'ailleurs lui que j'entends.

- Victoire ! Victoire lève toi, il faut partir !

Je tousse, ma gorge est en feu, mes yeux brûlent. La pièce est envahie par une épaisse fumée noire, trop dense.

- Victoire !

C'est la première fois qu'il prononce mon prénom si vivement. Dans l'obscurité des émanations, je parviens tout de même à accrocher son regard, une demi-seconde. J'attrape mes affaires et nous nous élançons hors de la pièce.

L'hôtel est en proie aux flammes, dévoré de toute part. Les tapisseries, les tableaux, les rideaux, tout se consume. Les dalles de marbre au sol noircissent.

Thomas me tire vers l'escalier.

- Et Zena ?

- Il faut sortir Victoire.

- Mais on ne peut pas la laisser là !

- Elle est probablement déjà dehors... Victoire, il faut sortir !

Il tire sur mon bras et m'entraîne dans l'escalier. Nous cavalons, de marche en marche, de palier en palier. L'odeur de brûlé mêlée au manque d'air me devient insupportable. J'accélère à travers les émanations. L'immense chandelier en cristal luit, ondule et se balance dans la chaleur insupportable. La sortie n'est qu'à quelques mètres. La bohémienne nous fait face sans mot dire, elle ne semble pas effrayée par les flammes. Comme si elle était totalement étrangère à l'évènement, comme si elle ne subissait pas la chaleur, la fumée et les flammes.

- Zena ! Sortez !

Elle reste muette, et se maintient face à nous, au pied de l'escalier. Semblant vouloir nous bloquer le passage. Thomas la secoue.

- Nous devons nous mettre à l'abri, Zena.

Son regard est vide, elle a l'air plus vieille qu'à notre arrivée, il y a pourtant quelques heures. Comme si tout le poids des années passées venait d'enfin s'abattre sur elle, en une seule fois. Elle entrouvre à peine les lèvres.

- Je n'aurai pas eu le courage toute seule.

- Le courage ?

- Non, je n'aurai pas eu le courage. La volonté, oui. Mais pas la force.

Je me tourne vers Thomas. Il est blême.

- Le courage de quoi ? je lui demande

- Vic… Victoire, viens, on s'en va.

D'un geste un peu brusque, il écarte la vieille femme qui se laisse choir au sol. Sans comprendre, je me laisse entraîner derrière lui.

Zena, toujours au sol, nous regarde nous éloigner en direction de la sortie. Elle tend un bras dans notre direction avant de hurler.

- Restez ! Restez ici avec moi ! Finissons tout cela.

- Ne l'écoute pas. Avançons.

L'air est irrespirable et brûle mes poumons à vif. La fumée se fait de plus en plus dense. Je jette un rapide coup d'œil autour de nous, tout n'est plus qu'un immense brasier. Le plafond, les murs…

Thomas pousse la grande porte en métal que nous avions empruntée plus tôt déjà. Elle est brûlante, mais il ne fléchit pas.

- Ne me laissez pas seule mes enfants. Périssez avec moi. Épargnons-nous plus de douleur et de solitude.

La porte cède enfin, laissant entrer un courant d'air glacé. Thomas passe de l'autre côté. Je regarde une dernière fois Zena, que je m'apprête à laisser périr.

- Sortez Zena, c'est votre dernière chance.

- Les Cendres resteront cendre.

À cet instant, le lustre en cristal s'effondre au-dessus d'elle, projetant flammes et étincelles jusqu'à ma hauteur. Je m'élance hors du bâtiment et referme machinalement la porte derrière moi.

Nous restons là seulement l'espace de quelques secondes, afin sans doute de reprendre nos esprits. Puis, simultanément, nous reprenons la marche, interdits. Les rues sont moins sombres qu'à notre entrée dans la ville, le soleil sera sûrement bientôt levé. D'ailleurs, la rosée fait déjà briller le goudron sous nos pieds. Les ruelles et les allées forment un labyrinthe dont nous trouvons la sortie sans peine, éclairés par l'incendie derrière nous. J'entends encore crépiter les flammes sur la charpente de l'édifice. Tout est allé tellement vite. Trop vite. Je dormais et l'instant d'après... L'hôtel, Zena, tout partait en fumée. Si seulement j'avais pu la sortir de là...

- Nous n'avons pas à culpabiliser, c'était sa volonté. dit Thomas, comme s'il lisait dans mes pensées

J'acquiesce, et continue d'enchaîner les pas.

C'était sa volonté. C'est elle qui a allumé l'incendie, elle ne voulait juste pas être seule dans les derniers moments. Comme sa vie a dû être malheureuse, et sa fin tragique. Mais c'est parfois bien plus simple de vivre, et ô combien plus courageux d'en finir.

Les bâtiments s'éloignent les un des autres, nous signifiant que nous quittons enfin Sombor. Durant quelques mètres, nous continuons d'enjamber les balayures et les débris. Des morceaux de grillage, quelques vieux papiers, des lambeaux de vies en somme. Puis les trottoirs disparaissent, les voitures s'évaporent. Ne restent que la route, quelques arbres, et une immensité verte. Le ciel s'éclaircit, la nature se réveille tout doucement.

Quelques pépiements d'oiseaux bondissent çà et là, dans les airs, les feuillages. C'est beau un jardin qui ne pense pas encore aux hommes , je pense. Il me semble avoir déjà lu cela, sûrement dans un des vieux livres de ma mère. C'est vrai que c'est beau, la nature, quand elle n'est pas saccadée par la fuite.

Les secondes paraissent durer des heures alors que nous suivons encore la route. Je pense à un tas de choses en vrac, mais surtout qu'en fin de journée — si tout va bien — je serai enfin chez moi. Ce sera sans doute difficile les premiers jours, de me cacher aux yeux des purificateurs, mais mon père trouvera bien une solution. En tout cas, je l'espère. Je ne veux pas rester recluse, comme Zena dans sa ville fantôme.

Thomas me fait signe que nous devons quitter la voie goudronnée, et nous enfoncer dans les champs qui la bordent. Je marche sur ses pas, sans bruit. Lui aussi est silencieux. Sans doute toujours remué par la nuit que nous venons de passer, et sa famille qui doit lui manquer. Je me demande s'il est heureux de voir que l'aventure s'achève enfin, pour lui du moins. Je suppose qu'il est soulagé de ne plus avoir à se trimballer un boulet permanent, et d'avoir écarté le danger que ma présence représentait pour sa communauté. J'espère que je lui manquerai quand même un peu et qu'il pensera souvent à moi. En tout cas, je penserai à lui, moi.

Nous marchons dans les herbes hautes. C'est agréable de voyager en plein jour pour une fois. A découvert.

- Tu es sûr que les purificateurs ne patrouillent pas dans cette zone ?

- Non. Mais on n'est jamais vraiment sûr de rien.

- Pourquoi ne pas attendre la nuit pour reprendre la route ?

- Mais le soleil se lève à peine !

Il stoppe sa marche, et me sourit l'air confiant.

- Nous serons bientôt chez toi, Victoire. Tu vas revoir ta famille. Tu vas arrêter de fuir les purificateurs, du moins en dehors de ton secteur. Tout va rentrer dans l'ordre. Si la vieille folle a dit que les soldats ne s'aventuraient pas par ici, elle a sûrement raison. Elle est restée en vie à découvert plus longtemps que nous l'aurions fait tous les deux.

- Tu as l'air bien confiant.

- Je veux avoir confiance. Au moins aujourd'hui. Je veux que ce soit une jolie journée, que tu retrouves les tiens, que je reprenne ma route vers le souterrain. Ce serait un beau pied de nez à l'horreur de cette nuit.

Je comprends ce qu'il veut dire, et j'apprécie le contraste. Opposons la belle journée d'aujourd'hui à l'effroi d'hier. Finissons cette fuite nocturne et sombre dans la lumière. Je fais un pas, et nous reprenons notre progression.

Ce sera une belle journée.

- Qu'est ce que tu comptes faire en arrivant ?

- Trouver mon père.

- Et pour les purificateurs ? Je suppose qu'ils doivent s'attendre à te trouver là-bas.

Je soupire.

- Je m'en remets entièrement à lui.

- En réalité, tu n'as pas réellement de plan, c'est ça ?

- Pas vraiment. J'ai juste fui avant que... que ce ne soit irréversible.

- Avant d'entrer chez les Fleurs d'Azur ? C'est que tu avais dit à mon père, dans le souterrain.

J'acquiesce, reste silencieuse un moment avant de reprendre.

- Les Fleurs d'Azur sont utilisées comme courtisanes auprès des grands prêtres.

- Oh, donc tu...

- Oui. J'aurai été amenée de force, et asservie au plaisir de l'Azur.

Rien qu'à l'entendre, je frissonne. Quelle humiliation ce serait pour mon père, et quelle vie désastreuse je mènerai. Obligée d'assurer une descendance aux grands prêtres, dans un luxe démesuré et superflu, sans jamais rentrer chez moi. Je ne peux m'y résoudre.

- Mon père trouvera une solution. J'ai confiance en lui.

- J'espère que tu as raison. Les choses ont dû énormément changer depuis ton départ.

Sans doute.

Les mètres deviennent des kilomètres. Le soleil est déjà bien haut dans le ciel, il irradie la plaine et les bois alentour. Nous faisons escale dans un coin ombragé, au pied d'un cèdre. Je caresse ses boutures ébouriffées, emplis mes poumons de sa bonne odeur. Cette odeur si particulière, du crayon que l'on taille. Et puis, presque sans m'en rendre compte, je me hisse jusqu'à la cime, gravissant sans difficulté ses robustes branches étagées.

Là, mon regard balaye enfin le paysage au complet. Presque comme la veille à l'hôtel, mais cette fois-ci en plein jour. Les rayons du soleil me frappent en plein visage, je me laisse réchauffer un instant. Je perce l'horizon. La clairière, les arbres, Thomas, juste en dessous. Quelques chemins de terre. Et puis ces immenses grillages plus loin, les miradors, et la vie derrière. J'éclate en sanglots. Si violemment que l'on pourrait croire que je convulse, j'en ai mal au ventre, et à la gorge tant elle est serrée. Les seuls sons qui en sortent sont des cris trop sourds, inaudibles. Ma vision est trouble, flouée par les larmes. Je sens juste un poids supplémentaire sur la branche, puis des bras qui m'enserrent la taille.

- Ça va aller. Tu seras bientôt chez toi.

Je m'accroche à lui, comme si j'étais prête à défaillir. Comme si je ne voulais pas le laisser partir. Les larmes dévalent toujours aussi furieusement mon visage.

- Je suis là, Victoire. Je suis là. Il dit, pour me rassurer.

Il est là. Plus pour longtemps, mais il est là. Il est là, et il est là seule personne que j'aie à cet instant précis. Je tremble, plus d'émotion que de froid à vrai dire. Il frotte vigoureusement mes épaules, maladroit. Après quelques minutes, nous descendons enfin de l'arbre. Je suis un peu gênée, mais il change rapidement de sujet.

- À vue d'œil, dans une heure nous devrions être à une distance respectable des grilles. Sais-tu par où entrer ?

Je tousse, espérant redonner vie à ma voix et paraître moins fébrile.

- À l'est, il y a une brèche dans les barbelés. Elle donne sur un petit verger accolé à la maison de mes parents. J'espère qu'elle n'aura pas été colmatée par les purificateurs.

Thomas tire une pince de son sac à dos.

- Sinon, on la fera nous même.

Je souris, il a toujours un coup d'avance. Il cligne de l'œil, comme s'il approuvait mentalement ce que je venais de penser. Nous nous élançons à travers la lande. L'air est doux, chaque bouffée d'oxygène glisse avec rondeur dans ma poitrine. Je cours à en perdre haleine, et c'est bon de se sentir vivante à ce point. Thomas me dépasse, j'accélère pour le rattraper. Durant de longues minutes, nous menons une course insensée, reprenant les rôles d'enfant qu'on nous a ôté bien trop tôt. Et on rit aux éclats, vraiment incapables de dire pourquoi.

Le soleil brille très haut dans le ciel, l'atmosphère se réchauffe. Je ralentis ma course, et marche plus tranquillement. C'est une belle journée, comme l'avait prédit Thomas. J'ai peu de souvenirs aussi purs que ce moment-là. Une course en luge avec ma mère un matin de Noël, une histoire racontée au coin du feu par mon père, ma première journée d'école, le jour où j'ai enfin réussi à retrouver seule ma constellation dans les étoiles. Des morceaux d'existence, de bonheur à l'état le plus pur, bien trop précieux, auxquels j'ajoute celui-là. Un beau moment avec Thomas.

Il s'arrête, quelques mètres devant moi, pour reprendre son souffle. Face à la lumière, je ne distingue que sa silhouette, ses contours, en contre-jour. Je le rejoins.

- À bout de souffle ?

- Pas du tout, je ralentis pour que tu ne fatigues pas. Fillette.

- Moi ? Fillette ?

Je lui tape sur l'épaule, il pouffe.

- Tu es prête ?

- Prête à quoi ?

- Eh bien… Prête à rentrer chez toi.

Au fil de nos pas, je vois les grilles qui se profilent, de plus en plus distinctement face à nous. Comme si elles traversaient un voile de fumée, elles paraissent plus nettes à chaque seconde. Il est là, après tout ce temps, face à moi. Le secteur 4.

Nous orientons notre trajectoire vers l'est, à bonne distance des miradors, et ne tardons pas à pénétrer dans une épaisse forêt de pins. Je m'en rappelle, des escapades entre les aiguilles résineuses. J'avais même construit une cabane perchée, si mes souvenirs sont exacts. Nous sommes toujours assez éloignés de la palissade, je ne la vois d'ailleurs plus. J'avance le plus paisiblement possible, dans les pas de Thomas. Il est tendu. C'est sans doute l'étape la plus minutieuse de notre aventure. Entrer sans faire de mauvaises rencontres.

Les aiguilles des arbres crissent sous nos semelles. Ça me rappelle le début de ma fuite, quand j'ai quitté le Centre seule, qu'au fond de moi je pensais que ce serait facile. La lumière aussi est la même. Verte, filtrée par les branches drues. Cela donne au paysage quelque chose d'irréel, comme vu au travers d'un écran. D'ailleurs, un rayon solaire plus téméraire que ses congénères perce à travers la canopée, et projette son faisceau devant moi. La lumière est si flamboyante qu'elle paraît illusoire, issue d'un projecteur ou d'un monde fantastique encore inconnu. Des tonnes de particules y flottent en apesanteur, je les observe tournoyer dans l'air, dans ce que je pensais être vide. La nature a horreur du vide , disait mon père bien trop souvent. Quand il pêchait dans l'eau claire de l'étang, quand maman frappait ses mains encore enfarinées du pain qu'elle venait de mettre au four, quand dans l'obscurité de la nuit on trouvait un ver luisant, partout où il y avait quelque chose à voir de simple et de majestueux sans qu'on s'y attende vraiment. La nature a horreur du vide, mais elle prime sans aucun doute l'invisible, les choses que seuls ceux qui savent où regarder peuvent voir.

- C'est joli, je murmure
- Hm ?
- Non, rien. Avançons.

L'échéance se rapproche. Pas après pas, je commence à reconnaître l'endroit, à me souvenir. La forme d'un arbre, un terrier trop mal dissimulé, des pierres disposées en amas artificiels à la façon des cairns. Peu à peu, je recouvre un peu la mémoire, je retrouve en songe des instants oubliés. Je remonte le temps à ma façon.

- On y est presque.

Pour la première fois, c'est moi qui guide. J'apprécie ce nouveau statut de porte-drapeau, me sentant valorisée. D'ailleurs, je prends la place de Thomas, un peu en avant, avec un naturel déconcertant. Je marche, je marche, j'ai déjà fait le chemin cent fois des années plus tôt. C'est étourdissant. Tant que je m'arrête pour reprendre mon souffle, le dos contre un arbre.

- Je vais continuer seule à partir de là.

- Vraiment ? Pourquoi ?

- Nous ne sommes qu'à une dizaine de minutes de la brèche. Ne prends pas plus de risques que tu en as déjà pris, Thomas.

- Je t'ai promis de te ramener chez toi.

Nous sommes assis au pied d'un grand arbre, le temps des adieux. Je vais rentrer chez moi. Je *suis* rentrée chez moi, enfin presque.

- Et tu l'as fait. Tu m'as ramenée chez moi. Ç'aurait été bien plus difficile sans toi ! Mais pour l'heure… Pour l'heure, il est temps que tu rentres. Le souterrain a besoin de toi, sans compter Nostram qui doit être affolé ! Je te libère de ta promesse.

Thomas tire son couteau de sa poche. Il déplie la lame, dans un claquement sec, et vient lui faire embrasser l'écorce lisse de l'arbre. Durant tout le temps de l'opération, je l'observe. Son air concentré, ses cils épais à faire trembler un petit faon de jalousie et ses yeux. Sombres et clairs à la fois, parsemés de paillettes dorées.

- Regarde.

Il se dégage, replie la lame de son opinel. Et je lis.

« *Thomas Kanço et Victoire White étaient ici* »

Chez moi, on dit qu'un ami est un autre vous-même. Thomas, c'est ça. C'est l'autre côté du miroir dans lequel je me regarde parfois. C'est l'équivalent au masculin de ma tentative timide d'incarnation de Lara Croft. Et il a soif quand j'ai soif. Peur quand j'ai peur. Sommeil quand mes paupières commencent à se faire lourdes. À l'aube de notre séparation, je me demande si nous demeurerons alter ego à jamais, ou si les symptômes s'estompent un beau jour sans qu'on y fasse vraiment attention. Gravera-t-il toujours son parcours dans l'écorce des arbres ? Garderais-je son cynisme et sa désinvolture que je commençais tout juste à affectionner ? J'aimerais au moins conserver ça, en souvenir de notre épopée. C'est plus significatif, plus puissant qu'une carte postale, qu'une image mentale. Je voudrais prendre un peu de lui, qu'il garde un peu de moi. Une habitude, une vision des choses. Une copie de son kaléidoscope personnel, que je pourrai chausser si je veux regarder le monde à sa façon.

- Tu vas me manquer.

Il m'enlace, en dernier au revoir.

- Merci pour tout, vraiment. Je m'en serai jamais sortie sans toi. Les purificateurs m'auraient rattrapée, ou je serai morte carbonisée avec Zena.

- Tu t'en serais sortie Victoire, cesse de douter de toi comme ça. Tu as survécu jusqu'au souterrain après tout.

- J'suis pas Lara Croft non plus.

Il éclate de rire. Un joli rire cristallin.

- Tu n'as rien à envier à un vieux personnage de jeux vidéos rétro. T'as plus de relief.

- Plus de relief ? Que Lara Croft ?

- C'est vrai que le terme était mal choisi.

Je pouffe à mon tour.

- Sans rire Thomas, merci pour tout. J't'oublierai jamais.

- On se recroisera.

- Tu crois ?

- J'en suis persuadé. Tout est voué à bouger, à évoluer constamment. L'Azur tombera un jour, quand les gens en auront assez de vivre dans la peur, et de voir leurs gamins partir. Et quand ce moment viendra, je te promets, on retombera l'un sur l'autre.

C'est la première fois qu'il tient de tels propos. C'est la première fois que le feu de la révolution, de l'envie d'un monde meilleur, brûle au fond de son regard. Ce brasier que je n'avais vu que dans le regard de mon père.

- Je croyais que tu voulais le moins de problèmes possible, à l'abri dans les souterrains ?

- Les gens changent, leurs idées aussi.

- Et qu'est-ce qui t'a fait changer d'idée ?

Il baisse la tête, esquisse un sourire avant de soupirer.

- Disons... Disons que tu ne t'appelles sans doute pas Victoire par hasard.

Il ressemble à Nostram à cet instant précis. Dans ces propos d'abord, que je peine toujours à saisir, mais surtout dans la sagesse du ton de sa voix. Il semble écorché, et plus mûr qu'à notre départ. Très semblable et très différent à la fois. C'est assez troublant.

Il desserre son étreinte et me tend la main, cordial.

- Alors à bientôt ?

Je tends ma main à mon tour.

- À bientôt.

La poignée de main est brève, mais franche. Son regard reste plongé dans mes yeux noirs quelques secondes. Je fais un pas en arrière, puis deux, avant de pivoter totalement et de lui tourner le dos. Et je m'élance à travers les arbres, sachant au fond de moi que Thomas me fixera jusqu'à ce que je disparaisse complètement.

Je vais rentrer chez moi.

Un cri strident retentit alors. Je me retourne, Thomas est immobile, raide. Mon cœur bat si fort qu'il paraît vouloir quitter ma poitrine.

- Aidez-moi ! Thomas !

Je lis la terreur dans son regard. Il est fébrile, décomposé par l'effroi. Et sans bouger, je comprends. C'est la voix d'Ariane.

Sans que je n'aie réellement le temps de m'en apercevoir, je rejoins Thomas et nous courrons en direction des cris. Les pins forment une sorte de labyrinthe, nous passons au travers des branches. Les épines griffent mes bras, mon visage, laissant de petites plaies brûlantes. Thomas crie.

- Ariane !

- Je suis là, Thomas.

Elle se tient à quelques mètres de nous. À genoux au sol. Ariane, la petite Ariane. Toute en légèreté et en blondeur. Ses traits fins, son corps frêle, pareils à la flamme d'une bougie. Trop fragile et tremblante, presque prête à s'évanouir dans un courant d'air. Détonnant avec les hommes derrière elle, qui la braque de leurs armes.

Les soldats purificateurs. Ils sont deux, je les reconnais. Dale et Peter, ceux qui sont à mes trousses depuis le début ma fugue. Dale est grand, fort, son crâne est rasé et son regard sévère. Peter au contraire est plus fin. Ses cheveux roux ondulent légèrement sur ses tempes. Dans son regard bleu brille encore une once d'humanité. Je plante mes yeux dans les siens, espérant désespérément qu'il m'obéisse, par pitié.

- Lâchez-la. S'il vous plaît.

Il détourne le regard. Dale ricane, jaune.

- Lâchez-la s'il vous plaît !, il reprend, tentant de m'imiter sans succès, des jours qu'on te cherche ma grande, et tu penses sincèrement que je vais te laisser filer comme ça ?

- Pas moi, juste Ariane.

- Pourquoi elle partirait ? On est bien, tous ensemble ! Et puis je m'y suis attaché, à mon lapin.

Je plisse les paupières, malgré moi, sans vraiment comprendre ce qu'il veut dire. Il reprend.

- La petite vous suivait depuis la gare, à une allure plus lente et surtout beaucoup moins discrète que la vôtre. Comme à la chasse, il faut toujours suivre le lapin. Il finit toujours par rentrer au terrier. Et le terrier, c'est toi en l'occurrence, ma jolie.

Ariane nous suivait depuis le début. Elle nous suivait et on ne l'a pas vue. C'était d'elle dont Zena parlait. À côté de moi, Thomas ne bouge pas. Chaque muscle de son corps est contracté, prêt à bondir.

- Voilà ce que l'on va faire. Vous allez laisser Ariane et son frère repartir, tranquillement. Et moi je vais vous suivre.

- Nous pensions plutôt vous emmener tous les trois, à vrai dire.

Thomas fait un pas en avant, je le retiens avec mon bras avant de poursuivre mes négociations.

- Je vais repartir avec vous, le plus docilement du monde. Et vous ne ferez rien à mes amis. Autrement…

- Autrement ?

Dale me regarde comme on regarde un enfant trop capricieux. Comme s'il était certain que je ne mène pas mes menaces à exécutions, qu'il allait me vaincre, et que ce serait facile. Pire, qu'il y prendrait un certain plaisir. Je ne peux m'y résoudre. Ça ne peut pas être si simple.

Je glisse ma main dans la poche de Thomas et saisis son couteau. En un instant, la lame glacée et tranchante flirte dangereusement avec ma peau.

- Autrement, je me tranche la gorge, et je m'écroule ici même. Et vous savez bien que dans ce cas, les pères purificateurs vous réserveraient le même sort.

Peter baisse son arme, hébété. Je souffle lentement, pour canaliser mon stress. Mon cœur tambourine dans mon thorax, le sang afflue trop vite dans mes veines faisant tressaillir l'acier de l'opinel. Je ne tremble pas, ou tellement que ça ne se voit plus. J'essaie d'avoir l'air le plus assurée possible, crédible. Il y a un long silence. Thomas s'est reculé. Ariane ne bouge pas, seuls ses longs cheveux blonds flottent doucement dans la brise.

Mais Dale n'abaisse pas son arme. Il tient fermement la crosse en métal, son bras est d'ailleurs si tendu qu'il tressaille presque prit de crampes. J'appuie un peu plus l'acier sur ma gorge. Une douleur aiguë parcourt mon corps en un frisson : la lame trop aiguisée a tranché ma peau trop fine, de façon superficielle seulement. Je sens le sang perler et couler par endroits.

- Pas sûr que l'Azur apprécie qu'on abîme son nouveau jouet. je dis, pour me donner un peu de contenance

Visiblement, c'est un argument de poids, le soldat baisse enfin son revolver.

- T'as gagné, gamine. De toute façon, ils ne nous seraient d'aucune utilité.

Je respire enfin. Thomas effleure ma main avec la sienne. Je sens sa détresse, et le prends dans mes bras, une dernière fois.

- Trouve mon père, je murmure, on se retrouvera.

Il hoche la tête en signe d'approbation, et je rejoins les purificateurs. Ariane, quant à elle, fait le chemin inverse. Arrivée à ma hauteur, elle s'arrête juste un instant et me dévisage. Elle a comme un sourire triste, un de ceux qui disent pardon et merci à la fois. Nous reprenons notre route. Quand j'atteins enfin les deux hommes, le plus mauvais des deux ne peut s'empêcher de se réjouir.

- La petite White ! Si tu savais depuis combien de temps on te cherche. Tu es maligne toi, hein. T'es une petite futée !

Je soupire, et baisse les yeux.

Peter me pousse dans un véhicule, arrêté à quelques mètres de là et demeuré caché par la verdure. Les portières claquent, se verrouillent. Au travers des vitres teintées, j'aperçois encore les silhouettes de Thomas et sa sœur, impuissants.

Le moteur démarre.

- T'inquiète pas ma jolie, tu vas être bien là-bas. Puis ton papa sera fier de toi.

Je frissonne tant ses propos sont vils et persifleurs. J'essaie de rester digne, mais j'ai perdu. J'ai perdu, et je vais être livrée à l'Azur. Dégradée, humiliée.

La voiture avance à vitesse escargot à travers les arbres et les bosquets. Les feuilles et les troncs défilent. Mon esprit est vide. Vide de pensée, d'espoir. Moi qui commençais à y croire, à apercevoir le bout du chemin. Toutes mes certitudes dégringolent, petit à petit, sans qu'on ne puisse rien y faire. Thomas et sa sœur n'ont pas bougé, soit trop choqués soit trop dignes, je ne sais pas. Dale arrête le véhicule à leur niveau.

- Vous faites du stop ? il ironise

Thomas serre le poing, mais ne dit rien. *Ne fléchis pas*, je pense, *acquiesce et laisse-nous partir*. Ils se dévisagent un moment. Le ciel s'obscurcit, les nuages se teintent de gris. Il y a un moment suspendu où le temps paraît interminable, comme si Dale attendait réellement une réponse, et Thomas une approbation pour quitter enfin les lieux. Tous deux se font front.

La pluie commence à tomber, d'abord par grosses gouttes éparses puis rapidement l'averse éclate.

Le soldat ricane à nouveau, de son horrible rire cynique. Il fait mine de chercher quelque chose dans sa poche. Tout va très vite. Thomas a un mouvement de recul, depuis la banquette arrière j'aperçois la lueur d'un canon d'acier.

Détonation. Ariane s'écroule, dans un bruit un peu sourd. Les secondes défilent, sans qu'on réalise vraiment. Le coup de feu résonne encore et encore, et me sonne. Dale range son revolver à sa ceinture. Et le convoi redémarre.

- J'avais oublié de préciser qu'à la chasse, une fois qu'on a trouvé le terrier, on peut tirer sur le lapin.

Avant que je puisse avoir le temps de m'en rendre compte, je hurle. Si fort que j'en ai la nausée. Je plaque mon visage contre le pare-brise arrière ; Thomas est assis par terre, le petit corps ensanglanté d'Ariane dans les bras. Sans vie. La pluie se mêle au sang, si bien que les flaques d'eau au sol prennent une jolie couleur rosée. Celle des couchers de soleil.

Il ne pleure pas, il ne crie pas. Il reste aussi silencieux et inexpressif que pendant le quart d'heure précédent. Brisé.

Tout s'effondre si fort que j'ai l'impression d'être moi aussi en plein orage. Tout mon être gronde, de colère, de tristesse. Désemparée. Et je crie, et je pleure, et j'injurie. Bientôt, je ne vois plus ni Thomas, ni même la forêt. Nous atteignons des routes dégagées. Je me calme un peu, n'ayant plus de larmes. Peter se tourne vers moi, et me tend une bouteille au liquide orangé.

- Qu'est-ce que c'est ?

- Pour que tu dormes. Le trajet sera long.

Je bois sans rechigner. Sans force, sans volonté. J'ai rapidement une sensation d'inconfort, ma vision devient trouble, son faisceau perd en intensité.

Je n'essaie même plus de lutter.
Trou noir.

Épilogue

On frappe à la porte de mon bureau. Une immense pièce aux murs blancs, emplie de lumière. J'écarte une pile de papiers qui traînait là et m'éclaircit la voix avant de répondre.

- Entrez !

La porte s'ouvre aussitôt et je reconnais Asaël, ma servante. Des purificateurs l'avaient trouvée errante dans les bois jouxtants son centre de purification, j'ai décidé de la garder pour qu'elle m'assiste. Il faut dire que c'est tellement de paperasse, cette vie à l'Azur…

- On m'envoie vous prévenir que Victoire White est ici.

- Voilà une très bonne nouvelle. Où se trouve-t-elle ?

- Les sœurs la gardent à l'infirmerie le temps qu'elle se remette du trajet, elle dort encore. Dois-je faire quelque chose ?

Je lui souris.

- Ce sera tout pour le moment, Asaël. Préviens-moi quand elle se sera réveillée.

- Bien, Monsieur Shiloh.

La porte se referme sur la jeune fille, me laissant à nouveau seul dans la grande pièce. Je me lève, fais quelques pas à travers le bureau, et finis par venir m'accouder à la fenêtre. Satisfait de mon début journée.

Victoire White a été rapatriée à l'Azur. Là même où est sa place. Les Cendres seront bientôt contrôlées, et anéanties.

Sans qu'elle le sache vraiment, cette gamine est devenue un réel symbole d'une potentielle révolution. Tous attendaient sa sortie du centre de purification, pour qu'elle et son père brandissent l'étendard de la liberté. Victoire. Un prénom certainement pas donné au hasard.

Je tente de l'imaginer, sans doute une tête brûlée comme Adam. Peut-être aura-t-elle hérité de la douceur de sa mère. Je l'espère. Elle n'en serait que plus performante dans le rôle qui lui sera confié. Pour certaines, c'est une véritable chance que d'être Fleur d'Azur. Tout d'abord pour le luxe, l'idée de ne jamais manquer de rien, mais surtout, car c'est la promesse d'une vie hors du commun, en dehors des secteurs à bout de souffle et de leurs barbelés.

Je quitte mon bureau afin de dégourdir mes jambes et mon esprit. Les couloirs grouillent de monde ; des sœurs en uniformes blancs, des servantes en noir, quelques prêtres en robes bleues. Et çà et là, dans ce dégradé de couleurs sans éclat, se distinguent quelques jeunes filles en blouses violettes. Je ne prête tellement attention aux personnes qui peuplent les couloirs du siège de l'Azur, sans doute par habitude.

J'emprunte un grand ascenseur de verre, et descends jusqu'au sous-sol. La lumière des néons brûle un instant mes rétines, je dois attendre quelques secondes avant de ne plus voir leurs formes allongées en négatif parcourir mon champ de vision. Les couloirs du sous-sol sont plus vastes. Carrelés du sol au plafond, ils sont imprégnés d'un lourd parfum d'eau de javel. On n'y trouve que des sœurs purificatrices.

Après plusieurs minutes de marche à travers ce dédale à l'odeur d'hôpital, je m'arrête devant une porte grise en métal ornée d'un hublot.

Elle dort. Si paisiblement que j'en oublierai presque les conditions de son arrivée. Elle est comme je l'avais imaginée, si l'on oublie les égratignures sur son visage et ses mains. Je reste là un moment à l'observer avant d'enfin me décider à remonter dans mon bureau, son imagine toujours bien ancrée dans ma tête.

J'espère qu'elle réalisera la chance qu'elle a, de vivre à mes côtés. Qu'elle comprendra que, quelque part, en lui épargnant une révolution avec les Cendres je lui ai sauvé la vie.

Et ce sera ma victoire.

REMERCIEMENTS

Je remercie Vianney André pour sa disponibilité, son travail et son aide précieuse, tant en matière d'édition qu'en réconfort les jours de page blanche.

Merci également à Marie André, pour la correction et le soutien moral lors de l'écriture. Merci de m'avoir donné le goût de l'écriture.

Je remercie Léa Martinez, ma première lectrice, pour ses conseils et son honnêteté sans faille.

Enfin, je remercie Rémi Blanc pour son soutien et son amour sans quoi rien de tout ça n'aurait été possible.

© 2019, Isern, Swann
Edition : Books on Demand,
12/14 rond-Point des Champs-Elysées, 75008 Paris
Impression : BoD - Books on Demand, Norderstedt, Allemagne
ISBN : 9782322127269
Dépôt légal : janvier 2019